主编／高长梅　王培静
◎文学新观赏·青少年读写范典丛书

亲如雪

尚庆海　著

QIN RU XUE

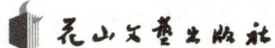
花山文艺出版社

图书在版编目(CIP)数据

亲如雪 / 尚庆海著. —石家庄：花山文艺出版社，2013.6(2021.6重印)

("读·品·悟"文学新观赏·青少年读写范典丛书)

ISBN 978-7-5511-1046-4

Ⅰ.①亲… Ⅱ.①尚… Ⅲ.①散文集—中国—当代 ②随笔—作品集—中国—当代 Ⅳ.①I267

中国版本图书馆 CIP 数据核字(2013)第 112028 号

丛 书 名：文学新观赏·青少年读写范典丛书
主　　编：高长梅　王培静
书　　名：亲如雪
作　　者：尚庆海

策　　划：张采鑫
责任编辑：卢水淹
责任校对：齐　欣
特约编辑：李文生
全案设计：北京九洲鼎图书有限公司
出版发行：花山文艺出版社(邮政编码:050061)
　　　　　(河北省石家庄市友谊北大街 330 号)
销售热线：0311-88643221
传　　真：0311-88643234
印　　刷：永清县晔盛亚胶印有限公司
经　　销：新华书店
开　　本：710×1000　1/16
字　　数：130 千字
印　　张：10
版　　次：2013 年 7 月第 1 版
　　　　　2021 年 6 月第 2 次印刷
书　　号：ISBN 978-7-5511-1046-4
定　　价：36.00 元

(版权所有　翻印必究·印装有误　负责调换)

读，是为了更好地写

高长梅

阅读的目的是长见识，是提升自己的文化素养。这是"读"的基本意义。

很多时候，我们的阅读也无任何的目的，就是为了消遣，为了解闷，为了打发时光。其实，这是"读"的另一种境界。

但对学生乃至爱好写作的人而言，"读"还是为了"写"，即人们常说的"读写结合"。这，却是大有讲究的。

"读什么"，"怎么读"，"读"如何促进"写"，这个问题困扰人们少说也有两千多年了。外国不言，单说我国自《诗经》始，《四书五经》到《千家诗》《古文观止》《唐诗三百首》，哪一个的"读"不涉及后人的"写"？"熟读唐诗三百首，不会作诗也会吟"就说明了"读"和"写"的朴素关系。

"读"于"写"的第一点，当是语言的积累。对绝大多数人而言，"会说"也"能说"几乎是与生俱来的，但这些不一定就是我们写作的语言。即使你"会说"、"能说"，但不一定能准确表述你的想法，你的所见所闻；尤其是不一定能用丰富的、生动的、形象的语言或简洁的、凝练的、科学的语言来描述人或事物或观点。写作当如建房，没有各式各样的语料积累，其结果可想而知。巧妇难为无米之炊，再牛的能工巧匠没有基本的建筑材料他也盖不起房子来。但语言积累，不是简单的语言记忆，要内化为自己的，要在自己的胸中发酵，要让它带上自己的思想、情感。这样，在写作运用时，就不会是简单的模仿甚至抄袭。即使是原句引用，也会与你的文章融为一体，恰到好处。初学写作者，常常苦恼自己词汇少，不能准确表述自己的思想;或苦恼自己写得干巴巴的,没血没肉;或苦恼自己虽写得字通句顺,却不像别人写的那样摇曳多姿;等等。多积累语言,是根治这种"疾病"的唯一药方。因此,我们在"读"时,就要看别人是怎么用字、怎么用词、怎么用句……来描写、叙述、来情、议论的。

　　"读"于"写"的第二点,当是技巧的化用。"我手写我心",看似简单轻松,看似随意,但正如建房,砖头、瓦块、木料等都摆在了你的面前,却不是任何人都建得了房的,你得有建房的技能。写作也是一样,你得掌握一定的技巧。人物怎么描写,事件怎么叙述,情感如何抒发,道理如何论证,等等,你得掌握其基本的方法,然后才能"心到手到",写出一篇像样的文章。我们要像建房者,先做"小工",看人家是如何砌墙、如何粉刷的;然后做"匠人",亲自实践,在模仿中掌握其方法,逐渐为我所用;"匠人"做多了,熟练了,就成了"师傅"。"师傅"一级,技巧娴熟,房建得漂亮。而用心的"师傅"爱钻研,爱琢磨,结合他人的方法创造出更好的新方法,他就成了"建筑师"。写作同理。我们不少阅读者,语言的积累比较重视,但琢磨人家写作技巧的不多,所以文学爱好者不少,但成为作家的就少多了,原因大概与这有一定的关系。因此,我们在"读"时,就要看别人是如何选择材料、如何谋篇布局、如何安排结构、如何运用表达方式、如何布置情节……看他们如何安排重点、如何把人物写活、件、如何条分缕析丝丝入扣、如何巧妙起承转合……

　　"读"于"写"的第三点,当是思想的融合。有了语言的积累,也掌握了一定的技巧,文章也写得是这么一回事了。但你的文章仅仅止于此,那也不过如同一栋能住人的房子而已。一篇文章品质的高低,除了语言的准确、生动、丰富、优美、灵动……除了构思的奇巧、结构的多元、情节的波澜、布局的精妙、手法的多变……是否有思想就显得格外重要。我们常说,这篇文章语言优美,构思巧妙,但立意不高。我们还常说,这篇文章不仅语言优美,构思巧妙,而且立意高,有思想。一篇仅靠语言打扮的文章,就好比一个俗人涂脂抹粉;一篇仅靠卖弄技巧和语言的文章,就像一个没有灵魂的美人卖弄风骚而已。语言可以记忆,技巧可以模仿,但思想要靠领悟,要融入作品之中去反复地阅读,要从深层次去寻找作者的精神。有的人的文章写得很美,技巧也妙,但就是没有深度,没有思想,没有灵魂,没有底蕴,往往就事论事,往往只是当复印机,复制了场景,复制了人物,复制了事件,但都是没有活力,没有生气,没有精神的。在阅读中提升自己的思想,的确常被我们忽视。思想靠别人的潜移默化来,精神也靠别人的影响而来。我们常听说在阅读中提升了自己,净化了自己,受了一次洗礼似的教育,等等,大约就是指这些吧。所以,我们在"读"时要琢磨别人是如何通过人物的描写表现人物的思想、精神,琢磨别人如何通过将一般人眼中的小事、凡事写出其社会价值,琢磨别人如何从一滴露珠看出太阳的光芒……如何选择语言材料最准确、最鲜明地表达出思想内容而非干巴巴贴标签,如何通过景、人、物悟出其蕴含的道理而非故弄玄虚牵强附会……

"读"于"写"的第四点,当是情感的交融。文章当有情,无论你是否抒了情,情就不自觉地流出了你的笔端。阅读中,我们除汲取作者的语言养料、技巧养料、思想养料外,还要品味、感受作者的"情"。与作者同悲,与作者人物同喜,置于作者笔下的优美环境而赏心悦目,等等。这就是受作者之"情"的"滋润"。文章是否感人,除了语言、思想外,有无"真情"很重要。朱自清的《背影》靠的是"情"的打动,鲁迅的《记念刘和珍君》这篇"血写的文章"其实靠的也是"情"的喷发。一篇只有华丽的语言而无思想的文章犹如没有灵魂的躯壳;一篇即使有非凡高度思想而无情感的文章也不过是一具可能具有文物考古价值的木乃伊。但"情"在文中的宣泄如何把握,这也是我们在阅读中要学习的。这也是我们常犯的错误。写作中我们或无病呻吟虚假瘆人,或情溢滥觞叫人发腻。让"情"如何恰到好处,非向好文章学习不可。这样,我们在"读"时,就要仔细琢磨别人是如何选择写作语言表达出作者的喜怒哀乐之情,如何传递作者人物的喜悦、哀思、忧怨、恋情,或深、或浅、或缠绵、或热烈、或似小溪的舒缓、或似大海的波涛、或似斗室之花的温柔、或似山野之花的奔放……看作者如何褒贬对象,看作者如何措辞达意致情,看作者如何巧借人、事、景、物以寄寓情感……

"读"于"写"的第五点,当是风格的鉴赏。所谓风格,它是一个作家成熟的标志,是作者在文章(文学作品)中表现出来的艺术特色和创作个性。我们鉴赏其风格,主要是学习他如何创造和完善文章(作品)的风格,也就是看作者在处理题材、驾驭体裁、描写形象、表现手法、运用语言等方面各有什么特色,最终形成了怎样的风格。这些风格,最后成了一个作家个性化的标志。当然,这是"读"的高要求了。琢磨多了,实践多了,很多写作者也形成了类似的风格,便也融入了原作者的风格之中,也就形成了"派"。比如"荷花淀派"、"山药蛋派"、"读者体"、"知音体",等等。当然,也不能简单模仿,也要适时变化,否则当年散文必"杨朔式"、小说必"欧·亨利式"的文学闹剧就会重演。

习作者若能此,写出好文章就有可能了。

弄明白了这些,还有一个重要的问题是选择什么样的读物。读名著,当然好。但很多名著由于作者所生活的时代不同,社会环境不同,或阅读者的阅历不够,文化积累不够,不一定读得懂,更不用说借鉴于自己的写作了。

基于此,我们推出了这套《文学新观赏·青少年读写范典丛书》。这些作品,不是名著,但是属于好作品;没写重大题材,但大都真实反映了社会生活的变迁,人们精神面貌的焕然一新;没有高深莫测的技巧,但或平实、或奇巧、或清新可人、或浓郁奔放,更适合青少年读者学习、借鉴。

第一辑　母亲的葡萄酒

那天突降暴风雨……………………………… *002*

奶奶…………………………………………… *004*

最好骗的人…………………………………… *006*

美好的一天…………………………………… *008*

卖冰糕………………………………………… *010*

烧饼…………………………………………… *014*

母亲的葡萄酒………………………………… *016*

亲如雪………………………………………… *018*

溢出来的爱…………………………………… *020*

第二辑　到老师家坐坐

储蓄罐里的假钞……………………………… *024*

丢不了的自行车……………………………… *025*

1976年的腊八粥……………………………… *028*

母亲的"电影"……………………………… *030*

一种叫作"恨"的爱………………………… *031*

到老师家坐坐………………………………… *033*

看门"狗"…………………………………… *035*

师母…………………………………………… *037*

立碑…………………………………………… *040*

第三辑　菩萨回家看父母了

- 生意 …………………………………………………… 044
- 记录本里的名字 ……………………………………… 047
- 最后一个号码 ………………………………………… 049
- 还钱 …………………………………………………… 053
- 菩萨回家看父母了 …………………………………… 054
- 免票 …………………………………………………… 055
- 中午吃什么 …………………………………………… 058
- 李小天孝父 …………………………………………… 060
- 爱你，就用右手牵着你 ……………………………… 063
- 狗熊 …………………………………………………… 065

第四辑　阳光洒满你脸庞

- 半碗饭 ………………………………………………… 068
- 在路上 ………………………………………………… 069
- 风中的拐杖 …………………………………………… 070
- 五一回家 ……………………………………………… 072
- 一树柿子 ……………………………………………… 073
- 一个人的生意 ………………………………………… 076
- 点歌 …………………………………………………… 078

阳光洒满你脸庞…………………………………… *080*
一颗苹果核………………………………………… *082*
花坟………………………………………………… *084*

第五辑　陌生的妈妈

我很重要…………………………………………… *088*
谢谢你们的礼物…………………………………… *090*
骗子………………………………………………… *092*
空白贺卡…………………………………………… *094*
奇特的水果………………………………………… *097*
第三种可能………………………………………… *099*
亲娘………………………………………………… *102*
生水………………………………………………… *104*
洗脚………………………………………………… *106*

第六辑　半夜敲敲你的门

捎给老李的东西…………………………………… *110*
巧人………………………………………………… *113*
"失聪"的男人……………………………………… *116*
倾斜的爱…………………………………………… *118*
电话闹鬼…………………………………………… *119*

剩面条……………………………………………… 121
礼物………………………………………………… 123
分苹果……………………………………………… 125
半夜敲敲你的门…………………………………… 126

 第七辑　最好的位置

男人在中间………………………………………… 130
女人和孩子………………………………………… 132
签名………………………………………………… 135
继母………………………………………………… 137
一块橡皮…………………………………………… 139
四叔嫁女…………………………………………… 141
一只眼瞟着………………………………………… 143
我也是来吃饭的…………………………………… 145

第一辑

母亲的葡萄酒

那天突降暴风雨

父亲的同事赵叔叔要来家里做客,母亲割了一疙瘩猪肉,还买了好多的菜。但母亲没有显出一点以前待客的高兴劲。父亲默默地抽烟,一句话也没有。大哥大姐二哥二姐轮流着抱我,抱得很紧很紧,以前从来没有这么亲过我的。

时间一分一秒地流过,眼看就要响午了,天却突然变了脸,轰轰隆隆一阵响雷滚过,狂风肆虐,顷刻,倾盆大雨如瀑如泼,天地之间瞬间灰暗无光。

母亲要去做饭,征求爹的意见:"那肉还炒吗?"爹说:"炒。"

母亲开始去灶屋做饭。父亲看了眼挂在正间的挂钟,再看看屋外依然狂作的暴风雨,脸色有些许转晴。父亲说:"这个鬼天气,神仙也出不来门!"我不懂父亲的意思,但我发现大哥二哥大姐二姐听了爹的话,都松了一口气似的,唯有我有点失落,这样的天气神仙都出不了门,那今天来家做客的赵叔叔不是就来不了吗?赵叔叔非常喜欢我,每次来我家,总给我买好多好吃的,我可一直在盼望着赵叔叔快点来呢。

我问父亲:"爹,赵叔叔不来了吗?"父亲轻松地说:"肯定是来不了了!"我听了,很忧伤:"爹,那我就吃不到好吃的东西了。"父亲抱过我说:"以后爹给你买好吃的,好不好?"我听了,高兴地点了点头。

第一辑 母亲的葡萄酒

中午十二点半了,赵叔叔没有来,外面的暴风雨劲头十足,一时半会儿不会停息,父亲绷了一上午的脸上有了笑容,父亲大声说:"开饭!"

母亲把几个菜端上饭桌,我坐在父亲母亲中间,母亲问父亲:"老赵今天不来,五儿就不过继给他了?"父亲说:"不过继给他了,老天爷不让。"母亲担心地问:"老赵会不会再找人来缠着说情?"爹说:"我上次答应他,就后悔了,这以后,再找皇帝老子来也不行,五儿谁也领不走!咱家不缺五儿一个人的口粮!"大哥大姐二哥二姐都连连点头,母亲一把把我搂怀里,眼泪无声地滑落。大哥大姐二哥二姐也高兴地说:"五儿谁也不给!咱每人省一口,五儿都吃不完!"母亲给父亲倒了满满一杯酒,父亲一仰脖子"哧溜"就干了,父亲说:"吃啊吃啊,这顿饭,比吃年夜饭都高兴,有滋味!不能浪费,吃光!吃净!"大哥大姐二哥二姐都争着给我夹好吃的,说:"五儿,吃!五儿,吃!"

一家人正吃得高兴,突然听外面"扑通"一声巨响,大家面面相觑,不知道发生了什么事情。母亲跑到门口往外看,灰天暗地的,母亲张望了好一会儿,趁着一个闪电,母亲看清楚了,母亲大声说:"哎呀!他爹,咱家院墙塌了!"父亲一听,喊母亲:"院墙塌了没事,快来吃饭吧,别让饭菜凉了!"

母亲又回到饭桌上,父亲说:"院墙塌得值啊,要是没有这场突来的暴风雨,咱家现在能吃进这些饭菜?咱五儿以后就是别人的儿子了!"

那天,天气出奇的恶劣,但我们一家人的心情奇好,院墙都被淋塌了,父母却一点都不急,那顿饭还吃得那么香。

等我后来懂了更多事情的时候,我也暗暗感谢那天突来的一场暴风雨。

奶 奶

父亲在外面修水库,很久才回家一次,家里地里的活计全落在了母亲的肩头。

奶奶对母亲不好,全村人都知道,母亲却每天三顿饭给奶奶舀到碗里,端到手边。那次,母亲又把刚做好的饭端到奶奶面前,奶奶故意把碗扒拉翻,热饭撒了母亲一手,烫得母亲叫了一声,奶奶却暴跳如雷:"你存心想烫死我啊?你操的什么心啊你?"说着,奶奶就要拿拐杖打母亲,我愤怒地抓住拐杖,说:"不许打我妈妈!"奶奶看着我愤怒的样子,举起的拐杖突兀地滑落了下来。母亲却忙着收拾奶奶面前撒下的饭菜,错过了在烧伤处涂抹牙膏的最佳时机,左手上起了一大片水泡。

父亲好不容易回来一次,奶奶一见父亲的面,就告母亲的状,说母亲在家虐待她,还要打她!父亲是个暴躁脾气,逮住母亲,不问青红皂白就是一顿拳打脚踢,那一刻,我恨死了奶奶。

晚上,我听见母亲在嘤嘤哭泣,父亲在叹息。

就是那一次,因为父亲下手太重,一巴掌打在了母亲的右太阳穴,偏头疼伴随了母亲整整半后生。

那年,奶奶得了半身不遂,不会走路,话也说不清了,我幸灾乐祸,说:"以后看你还怎么恶人先告状!"母亲斥我:"那是你奶奶,不许瞎说!"

亲如雪

第一辑 母亲的葡萄酒

母亲一天三顿喂奶奶吃饭,给奶奶翻身、擦身子、洗脚、按摩、端屎端尿。冬天,奶奶暖不热被窝,晚上母亲就睡在奶奶脚头,白天一有太阳,母亲就把奶奶背出去晒太阳。母亲照顾奶奶,一照顾就是十多年。

那年秋天,屋里潮湿闷热,奶奶躺在床上显得烦躁不安,母亲就把奶奶背到院子里大槐树下的躺椅上,凉快是凉快了,但蚊子太多,咬得奶奶直扭动身子,母亲见状,停下手里的活计,用蒲扇帮奶奶驱赶蚊子,陪奶奶聊天,大部分都是母亲在说,家长里短,村里的新鲜事,奶奶隔会儿含糊不清地"呜呜"两声。晚上等伺候奶奶睡下,母亲却要把一下午耽搁的活计补回来,在院子里剥玉米棒子剥到后半夜。

父亲再次回来了,奶奶激动得不行,用含着泪花的眼看着母亲,"呜呜"个不停,父亲一看,以为奶奶又在告母亲的状,火一下子就上来了,站起来又要打母亲,我不能再眼看着母亲挨打、受委屈,我扑向父亲,抱住父亲的腿连捶带拽,恨不得咬父亲一口。眼看巴掌就要落在母亲身上,奶奶不知道哪来了一股气,大声地说了一声:"不——"吐字自得病这么多年来从来没有过的清晰。母亲惊喜,扑过去拉住奶奶的手,惊讶地说:"娘,你会说话了?!娘,你会说话了!"

奶奶把头挨着母亲,"呜呜"着哭了起来,像是在对她的儿子诉说。父亲大概也看出了端由,粗糙的父亲也落泪了。

我问母亲:"奶奶以前对你那么不好,老是在爹面前诬告你,你咋还那样对奶奶?"母亲摸着我的头说:"傻孩子,你奶奶生在旧社会,以前吃过不少的苦,你爷爷死得早,你奶奶每天看着你曾祖母的脸色生活,她憋屈太久了,自己当了婆婆,就想把以前受的气都撒出来……"母亲的话我不太懂,但我隐约知道,奶奶也是个可怜人。

我受母亲的影响,对奶奶的怨恨也渐渐消失了,我替母亲帮奶奶按摩,每次,我跪在奶奶的床头,给她揉胳膊揉腿的时候,我看见奶奶脸上写着愧疚。

奶奶病卧在床十年之久,她的生命终于走到了尽头,在奶奶弥留之际,是我和母亲陪在她老人家身边的,母亲把奶奶的头搂在自己的怀里,像搂着自己的孩子,奶奶非常安静,只是眼角不时有浑浊的泪水滑落。母亲不停地对奶奶说着话,母亲说:"娘,您看,咱家的日子越过越好了,您看您孙子也长大了……村西头的老郭家的母猪下了一窝子猪仔,听说一只猪仔的鼻子长得老长,像一头小象,听说县里广播站的记者都来了……嫁到赵村的丫子你还记得不?前两天生了一对双胞胎,真是喜人呢……娘,他爹一会儿就回来了,您老可得等着他啊,他可是您的儿子,您儿子那么孝顺您,您可得跟他说说话……"

爹"嗵嗵嗵"跑进了院子,跑进了屋子,跑进了奶奶的里间。

母亲还在跟奶奶说着话,爹扑过去小声喊:"娘!"奶奶没有反应,爹再喊一声:"娘!"奶奶还是没有反应,奶奶已经走了,爹扑在奶奶的遗体上,捶胸顿足,大放悲声:"娘啊,您咋不能等儿子回来见一面啊!"奶奶躺在母亲的怀里,非常安静,像睡着一般,奶奶的手攥着母亲的手,紧紧地,紧紧地……

最好骗的人

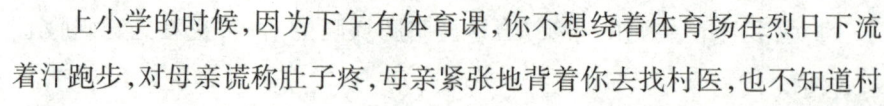

亲如雪

上小学的时候,因为下午有体育课,你不想绕着体育场在烈日下流着汗跑步,对母亲谎称肚子疼,母亲紧张地背着你去找村医,也不知道村

医开了些什么药片,你就在家休息了一下午。

上初中的时候,看到别的同学穿着崭新的白色运动鞋,你羡慕得不得了,回家找母亲要,母亲说收了秋卖了玉米你都等不了,不吃饭,不上学,母亲就去邻居家借钱,母亲跑了四五家,这家借3元,那家借2元,连说带求并保证收了秋就还。借够了钱,母亲要领你去乡供销社买白运动鞋,你说自己去买。回到学校,兜里有了15元钱,中午就经不住猪肉炖土豆的诱惑,你一星期顿顿中午吃猪肉炖土豆。下个周末回到家,你对母亲谎称钱在一去上学的路上就丢了,你还要买白运动鞋,母亲只是轻叹一声,啥也没说,又出去了……

上高中的时候,你喜欢上了一个女同学,班主任找家长谈话,父亲要打断你的腿,母亲死死地拦住父亲,你对母亲说,娘,我没有谈恋爱,不信,您等着看,我要考一所好大学来证明!母亲信了,母亲很欣慰。而你照常和那个女同学来往密切,耽误了不少功课。高考的时候,那个女同学侥幸考上了南方一所大学,而你却名落孙山,女同学提出了分手。父亲要你放弃复习,回家种地,你不愿意,你说你一定要考上大学,母亲说自己拾荒也要供你上学,你又有了上学的机会,母亲那年真的一到农闲的时候就去拾荒。

上大学的时候,大哥要结婚,要返修土屋,而你每年的学费加上生活费就得一万多,你一年花的钱是全家人不吃不喝种两年地收入的总和。那年,父母的头发都愁白了,而你为了不被城市的同学看轻,谎称自己和人打架,要赔人家5000元医疗费,否则,你要被判刑,要被退学,父母吓坏了,父母连夜乘火车去给你送钱,恐怕耽搁了时间误了你的前程,父母看到你没事,就急着要走,父母在你上学的那个城市连口水都没有喝,又慌慌张张赶乘当夜的火车回去侍弄庄稼。大哥的婚期被迫延后一年,而你拿那5000元买了一台笔记本电脑。

大学毕业,你留在了城市,并且结了婚成了家。你想到了过去的种种,你为你的不懂事忏悔过,你努力工作,想以此来回报生养你的父母。母亲六十大寿,你之前说好要领妻子孩子回去给母亲祝寿的,可在母亲大寿前两星期你出了车祸,被撞折了左腿,你怕母亲担心,要妻子带孩子回去给母亲祝寿,让妻子谎称你去出差了,妻子说,如果母亲不相信怎么办?你说母亲好骗,只要你之前再打个电话,母亲就信了。

在母亲大寿前两天,你给母亲打了个电话,说自己出差恐怕赶不回来了,说先祝母亲生日快乐,回头再去看母亲。而你怎么也不会想到,第二天,六十岁的老母亲由大哥陪着,突然站在了你的床前,老母亲风尘仆仆,一脸倦容。大哥说你打过电话后,母亲预感你肯定出了啥事情,就非要自己过来一趟。母亲看着你缠成比大梁还粗的左腿,只心疼地说了一句:"傻孩子,你咋谁都骗呢?!"那一刻,你突然哭了,像个孩子。

美好的一天

每天多想几件好事,好事情就会围绕着你。

晚上睡觉,我对自己说,今晚一定会做一个好梦!我拥有一个愉悦的心情,晚上不做好梦都难!

早上醒来,洗漱的时候,我想想昨晚的好梦,哼一首自己喜欢的歌曲。看着镜子中一天比一天成熟稳重的面庞,我对自己说:你是最棒的!

出门上班,我自信满满,摸摸孩子的头,叮嘱孩子好好学习,听老师

亲如雪

的话之后,和妻子吻别。下楼的时候,我感觉我的脚步都是轻盈的。

一路上,我都在想:今天的阳光这么好,怎么看,身边的每个人都那么亲切,那么可爱!到了单位,我向看门的大伯微笑问好,大伯很高兴地赶紧把伸缩门给我开得更敞一些;我进了办公室,新分来的大学生正在帮我擦拭我的办公桌,我很真诚地说:谢谢。大学生居然面露羞涩之色,随后,有点不好意思地把一杯热茶置放在我的面前……

中午去单位食堂吃饭,意外遇到单位领导也在吃饭,我想象领导多么善解人意,不拘小节,可亲可敬。我真诚地向领导问好,领导笑容可掬,一副平易近人的样子……下午我去找领导谈一件困扰我很久的问题,领导居然大手一挥,轻轻松松就解决了!

下午下班回家,我心情不错,在半路上遇到一个乞丐,我没有嫌脏避得远远的,而是过去很爽快地掏出一张十元面值的钞票,放在那张干枯而粘满污垢的手上,而不是扔进乞丐面前那只有缺口的蓝花瓷碗里,乞丐受宠若惊,用很浑浊的声音连说了两声:谢谢!谢谢!我刹那间明白了,给予他人一个力所能及的帮助与尊重,于我的灵魂是一次荡涤。

回到家里,孩子已经放学回来了,妻子也正在厨房煮粥,我亲亲孩子的小脸,问孩子:"宝贝,在学校乖不乖?"孩子骄傲地说:"老师夸我是最棒的!"我抱着孩子旋转一圈,并且说:"我的宝贝是最棒的!"孩子"咯咯咯"欢快的笑声如同阳台上那串风铃般悦耳动听。我来到厨房,从背后环绕住妻子:"老婆,辛苦了!"妻子微笑转头,我用我的前额抵住老婆的前额,妻子满脸的自足与幸福,笑语:"去洗把脸,一会儿吃饭。"

饭桌上,我发现妻子越来越显年轻,也越来越漂亮了,我把我一天的快乐分享给妻子和孩子,妻子和孩子被我的快乐感染,面庞上至始至终都泛着快乐的光芒。

晚上,陪妻子孩子看了一会儿电视,我又去书房看一小时的书。

10点,上床睡觉,我抱了抱妻子,又吻了一下她光洁的额头:"晚安,做个好梦!"妻子温柔地把头贴着我宽厚的胸膛。

夜里,我做了一个好梦,我梦见以后的日子日复一日重复刚刚过去的一天,美好的一天。

卖 冰 糕

放暑假了,我让母亲用小棉被给我缝了个保温箱,要去卖冰糕。

我骑着自行车,把保温箱绑在自行车后面的车座上,从父亲手里接过七角钱,去乡冰糕厂批冰糕。七角钱,能批发二十只冰糕,一只冰糕卖五分,全部卖完,我可以挣三角钱。我批来冰糕骑着自行车在村子里转,我不会吆喝,就从村东头到村西头,来来回回,我每次到曹小菊家门口,故意把车子骑得非常慢,我希望曹小菊可以来我这里买冰糕吃,但我知道曹小菊没有钱,我不会要她的钱,曹小菊家非常穷困,她爸爸早早就死了,妈妈也卧病在床,曹小菊不但要上学,还要烧饭做家务带弟弟,农忙的时候,还要去地里干农活,曹小菊的成绩却非常好,年年得奖状。

我顶着能把人晒成鱼干的烈日,第六次路过曹小菊家门口了,也没有看见曹小菊,我正苦闷,想吆喝一声"卖冰糕"把曹小菊吸引出来,突然看见曹小菊六岁的弟弟光着脚丫屁股跑了出来,我喊他:毛蛋,过来。毛蛋跑过来,我问他:你姐呢?毛蛋说,我姐在家洗衣裳。我说你想吃冰糕吗?毛蛋早已流下了涎水,想。那你喊你姐出来。毛蛋屁颠屁颠地跑

了回去,一会儿,又屁颠屁颠跑了出来,我姐姐说她没有钱,不给我买。我拿出一只雪糕,递给了毛蛋,毛蛋不敢接,说:我没有钱。我说:不要钱。毛蛋听了,高兴地接过冰糕,一边吃一边跑回家。我咽了口口水,等着曹小菊,我知道,曹小菊一定会出来的。果然,没停几分钟,曹小菊出来了,穿了一件洗得发白的小花汗衫,两只手湿漉漉的,还滴着水珠。一看是我,就责备我说:我没有钱,你干吗要给毛蛋冰糕?我说:毛蛋想吃,我又不要钱。曹小菊不领情,说:小麦我也没有。我说:我啥都不要,让毛蛋白吃的。我接着说:曹小菊,你想吃吗?曹小菊把嘴唇绷得紧紧的,没有说话,我说:曹小菊,我不要你钱,真的。曹小菊白了我一眼,转身回家了。

我继续从村东头到村西头,从村西头到村东头,曹小菊再也没有出来过。

第一天二十只冰糕全部卖完了,父亲帮我数钱,发现差五分钱,我撒谎说我自己吃了一只冰糕。

第二天,我又批了二十只冰糕,这次,我会吆喝了。在我去乡冰糕厂批发冰糕的路上我就学习吆喝,回来的路上,我又学着吆喝,居然还卖了两只冰糕。到了村里,我鼓起勇气,大声吆喝了一声:"卖——冰——糕——"声音没落,紧张地赶紧四处瞅瞅,见没有人,我又连续喊了两声。这天,我到曹小菊家门口就吆喝,一声比一声高,喊得也越来越好听了,比在批冰糕的路上练习的时候有韵味多了。不一会儿,毛蛋就被我吆喝了出来了,我问毛蛋:你姐呢?毛蛋说:我姐在家写作业。我说:你想不想吃冰糕?毛蛋这次不说话,我给他拿了一只,他却把手背到身后,满脸馋相,却不接。我说:给,吃吧。毛蛋听了,却转身跑回了家。一定是曹小菊对毛蛋说了什么。

我每次到曹小菊家门口,就多吆喝两声,曹小菊终于出来了,不过是来兴师问罪的,曹小菊板着脸,气呼呼地说:你真脸皮厚,明知道我没有钱,还一直在我家门口吆喝,还影响我写作业。我听了曹小菊的责备,非常生气,我说:我不要你钱,你为啥还不吃冰糕?曹小菊的脸唰的一下红了,我为什么要免费吃你的冰糕?我撒谎不打草稿,说:我想以后可以抄你的作业。曹小菊听了,没有那么生气了,她突然小声说:冰糕太贵,我不能白吃。我追问:你想吃吗?曹小菊扭捏着说:想。我麻利地从保温箱里拿出一只冰糕,给。曹小菊不接,我说:真的,我请你吃,不要钱。曹小菊说,等你卖不完,化了,我用一分钱卖冰糕水喝。

这个曹小菊!明知道你很馋,却偏偏装清高!在学校见你看着同学吃冰糕,你吞口水,以为我不知道?你这个不识好歹的曹小菊!我恨恨地想。把车子停在村头,使劲踩脚下的蚂蚁。

周展江跑来买冰糕,我掀开保温箱一看,还有三只冰糕,卖给了周展江一只,我把保温箱的小棉被盖子掀开,让热浪呼啦啦往保温箱里面灌。

我不时地去查看保温箱里的冰糕,两只冰糕变得越来越小了,等终于全部化成了水,我满脸的汗水也顾不上擦一把,骑上自行车直奔曹小菊家门口,想让曹小菊赶快喝上又甜又凉的冰糕水。我吆喝了一声,卖冰糕水了,一分钱一铃盖,话音刚落,孙小贵就跑来了,给我一分钱,要买冰糕水,我对孙小贵说:不卖!孙小贵说:你不是吆喝要卖的吗?我说:我现在不想卖了。孙小贵说:你神经病!我非常生气,想揍孙小贵,但我担心曹小菊出来看到我打人不理我,我忍住火气说:好,你想买,三分钱一铃盖。孙小贵说:奸商!冰糕水都是卖一分钱一铃盖,你卖三分钱,你留着自己喝吧!孙小贵说完,转身走了。这个时候,曹小菊领着毛蛋出来了,曹小菊满脸微笑,曹小菊微笑着的样子真好看!曹小菊给了我一分钱,我用自行车的铃盖在保温箱里舀了满满一铃盖,曹小菊迫不及待地接过咕咚喝了一小口,有点贪婪,样子很让人心疼。曹小菊把剩下的冰糕水给毛蛋喝。我说:曹小菊,你喝,最后了,买一铃盖送一铃盖,还有呢。这个时候,我看见孙小贵在不远处的大柳树后一闪。

第三天,我又在曹小菊家门口吆喝,曹小菊却怎么也不出来了连毛

亲如雪

蛋也不出来。我很纳闷,我就固执地在曹小菊家门口吆喝,一声比一声音量高。这个时候,毛蛋跑了出来,还是光着脚丫光着屁股,到我身边,还没等我说话,他塞给我一分钱,说,还你昨天的冰糕水钱,哼!说完,就跑了,很不友好。弄得我丈二和尚摸不着头脑,这个时候,周展江过来问我:你喜欢曹小菊?谁说的?我问。周展江说:孙小贵说的。周展江把昨天曹小菊买冰糕水的事情有声有色地给我说了一遍,有些细节连我都没有注意到。周展江说这个也是听孙小贵说的,孙小贵到处宣扬。

我一听肺都给气炸了,我拜托周展江去把曹小菊叫出来,我有话对她说。周展江去了,一会儿,周展江回来了,说曹小菊好像哭过了,眼睛都肿了,她说讨厌你,以后再也不理你了!

我对孙小贵的恨骤然升温,我非得揍他一顿不可!我赌气骑上自行车到没有一个人影的村头,负气坐在毒辣辣的太阳底下,让炙热的阳光晒烤着我。拿出几只冰糕,一只接一只吃起来。卖了两天冰糕了,我自己还一只都没舍得吃过呢,既然人家不稀罕,我干脆一不做二不休,赌气把剩下的十多只冰糕一口气全吃了。

回到家后,我开始拉肚子、发烧,躺在床上迷迷糊糊,脑子里净是曹小菊在学校眼巴巴看别人吃冰糕的情景……村医给我打了一针退烧针,睡了一觉,好了以后,像得了失忆症,我把母亲缝的保温箱悄悄放在阁楼上,再也不提卖冰糕的事了。

烧　饼

　　初冬,我和秋成,连胜到河北打工,还没有赚到钱,身上仅有的一些生活费却被小偷偷了个精光。

　　活儿找不到,但肚子却已是饥肠辘辘,秋成说:"我看到胡同口有老两口在卖烧饼,要不我去赊几个烧饼?"我和连胜苦笑着说:"你想可能吗?人家又不认识你,会赊给你?"秋成说:"我也觉得希望渺茫,不过,不试试怎么知道。"秋成说说,也没有去。但后来还是熬不过那饥寒交迫的现实,我和连胜就鼓动秋成,让他去胡同口赊烧饼。我和连胜脸皮薄,我俩是绝对不会去的。秋成大概也是饿坏了,把脸一抹,就去了。

　　一会儿秋成就回来了,看到沮丧的秋成,我和连胜安慰他说:"这很正常,如果赊到烧饼,倒不正常了。"秋成频频点头,表示认同,我和连胜轻轻叹息,秋成一转身,嘴里有节奏地"噔噔噔噔",一脸嬉笑,变戏法似的拿出了一袋子烧饼。我和连胜欢呼起来,我们分享着热乎乎香喷喷的烧饼,我和连胜好奇地问怎么赊到的,秋成说:"我到了烧饼摊前,假装和他们老两口很熟稔,瞎聊了两句,就说要10个烧饼,那老头就给我装,我提了烧饼惊呼身上忘了带钱,假装要放下烧饼,转念一想又说,我就住在前面幸福胡同,这样吧,我明天过来把钱给你,成吗?那擀饼的老太太不太乐意,但那老头蛮爽快,说,没事。"

亲如雪

"这么简单?"我和连胜都不敢相信。

10个烧饼很快被我们吃了个精光,但我们的工作还没有着落,被迫无奈,连胜也出马去赊烧饼。

连胜马到成功,10个烧饼又很快被我们吞进肚里,但饥饿很快再一次光临。

秋成说轮到我上阵了,我胆怯。我请求秋成再次出马,秋成说如果被卖烧饼的老两口认出来怎么办?我被秋成和连胜连奚落带激将,没有办法,只得赤膊一搏了。

站在烧饼摊前,我看到老两口都六十多岁的人了,看样子也是农村来的。我前面一个小伙子赊了两元钱烧饼,走后,老太太一脸不高兴,埋怨老伯:"你咋就不长心?你都赊出去多少了,有几个来还钱的?"老伯一脸平静地说:"都恁大的人,说出口了,我咋拒绝?再说了,谁没有个不凑手的时候?会还的,没有谁贪图咱老两口那几元钱!放心吧老婆子!"老伯问我要几个烧饼,我却诺诺着不知道如何是好。老伯问:"忘了带钱?"我"嗯"一声,点点头。老伯给我装烧饼,我自己都没有听清自己说了声什么,老伯就给我装了10个烧饼,装好,递到我手里,看到老伯淡定从容的面庞,我的脸烧得厉害。

逃回了住处,连胜和秋成对我大加夸奖,我手握烧饼,想着卖烧饼的老伯说的那些话,却怎么也吃不下。

秋成和连胜商量回家,我说那赊人家的烧饼怎么办?秋成说:"人走账黄。"

秋成和连胜回老家了,我说我不能空手而回!我降低标准,去建筑工地打工。

一个月后,我站在老两口的烧饼摊前,我说:"老伯,我是来还您的烧饼钱的。"老伯看了我一眼说:"5元。"我给了他15元钱,我说:"还有我两个老乡,他们也每人赊了您10个烧饼,他们提前回去了,没有来得及还钱,特嘱托我替他们还上的。"

我转身离开,听见老伯在对老太太说:"看到了吧,没事,谁没有个不凑手的时候,别把人往坏里想,好人就多了!"

母亲的葡萄酒

小时候,整天数着日子算该吃谁的大米饭了。

我们豫北嫁闺女,娘家五服以内的男人要去送闺女撑门面,吃大米饭。女客要上葡萄酒,是那种很廉价的,一元多钱的那种葡萄酒。男客的桌子上上的是高度烈酒,我们小孩子喝不了,就跑去女客的桌子旁,讨要葡萄酒喝。葡萄酒瓶高高的身子细长的脖子,深色厚重的玻璃瓶身看上去漂亮大气。女执客会做做样子,用喝白酒的小酒盅给我们每人倒一盅。甜甜的,还有种涩涩的感觉。一小盅意犹未尽,回到家里就哭闹妈妈,要妈妈买葡萄酒喝。妈妈拗不过我,就支我出去玩,说一会儿就给我买。

玩了一会儿,回到家里,果然见正屋的桌子上放了一瓶葡萄酒。

欢喜自是不必说,跑灶房拣了一只最大的白瓷碗倒上葡萄酒,直着脖子,"咕咚咕咚"比我家的老黄牛喝水动静都大,妈妈笑着说,慢慢喝,没人跟你抢。

一瓶葡萄酒眼看就见了底,我扬起脸问妈妈,妈妈,怎么跟吃大米饭喝的味道不一样?

亲如雪

第一辑 母亲的葡萄酒

妈妈说,妈给你买的是贵的,两元五角一瓶呢。

出去玩我就开始炫耀,我妈给我买两元五角一瓶的葡萄酒,可好喝了!小伙伴不信,我说,不信去我家看看。我带着小伙伴去我家看我喝完的葡萄酒瓶子,说,信了吧,这整整一瓶都是我喝的!小伙伴艳羡得不行,我看见毛小刚都流口水了。王小利左看看瓶子,右看看瓶子,咦,不对,这个瓶子的不是两元五角的,我家过年的时候买过,好像是一元钱一瓶的。我说你胡说,我妈给我买的,还能骗我!王小利说,那我们去小卖铺问一下,不就知道了。说去就去,我拎了葡萄酒瓶子就去小卖铺,小卖铺里正好就有那种葡萄酒,瓶子和上面贴的标签,以及标签上的图案和所有文字都一模一样,五赖子说是卖一元钱一瓶。王小利问五赖子:尚小东他妈来买过这葡萄酒吗?五赖子肯定地说没有。小伙伴们嘻哈着一哄而散,留下我一个人在那里郁闷生气。

回到家里,我恼怒地把所有的一切都告诉妈妈,我说:妈妈,我恨你!并且把那只空葡萄酒瓶子摔在了地上。

妈妈把一地的碎酒瓶子收拾起来,说:小东,告诉妈妈,葡萄酒是啥滋味?

妈妈没有喝过?我一想,可不是,我们这里去吃大米饭,女的挨得着去吃大米饭的,都是那些做婶子嫂子姑姑大娘和姐姐的,我没姑没姨没有堂姐,妈妈真的没有去吃过大米饭!

我小声问,妈妈,你没有喝过葡萄酒,没有吃过大米饭?

妈妈说,没有,但妈妈想喝葡萄酒的时候,妈妈就做给自己喝。

妈妈会做葡萄酒?

听了妈妈的话,我早已经忘了是来对妈妈"兴师问罪"的。

妈妈说,你姥姥临死的时候,拉着妈妈的手,不松,妈妈问你姥姥,娘,你有啥没了的心愿?你姥姥说,她想喝葡萄酒,当时家里没有一毛钱,连买盐的钱都没有,哪里有钱买葡萄酒,当时我没有办法,就拿了只碗跑了出去,东一家借一小勺酱油,西家借两小勺醋,又在南家借了一小撮糖精,放一起,用凉水一冲,端给了你姥姥,你姥姥喝了一口,笑了,头一歪,就过去了,怪满意地走了,妈妈当时心痛的啊,端起你姥姥没有喝完的糖醋凉水,就着泪水,全喝了,以后啊,妈妈想你姥姥,就自己做葡萄酒喝……

妈妈说着,泪水爬了满脸……

那次以后,我再也没有跟妈妈要过葡萄酒,在我幼小的心里有了一个梦想,等我长大了,一定要让妈妈喝上最好的葡萄酒!

亲 如 雪

刘悦在城里做美发师,收入颇丰,整天忙得连回老家看父母的时间都没有。

那天,母亲给刘悦打电话,问了一些无关紧要的话,母亲问刘悦啥时候回家,刘悦说太忙了,可能还要等一段时间。母亲哦了一声,欲言又止,刘悦感觉到了什么,问母亲是不是家里出什么事情了?母亲说没有,一切都好。刘悦问父亲的身体现在恢复得怎么样?父亲年初脑血栓偏瘫了,生活有些不能自理,需要母亲贴身照顾。母亲说,好多了,有时候,自己一个人还能走两步。刘悦听了,很高兴。

一个月后,刘悦回家看望父母,看到父亲坐在轮椅上,眼邪嘴歪。父亲见刘悦回来了,嘴里含糊不清地"呜呜"着,看出来父亲很高兴。

刘悦蹲在父亲面前,拉着父亲的手,父亲低头,有涎水从嘴角流下来,刘悦赶紧起身从衣兜里掏卫生纸帮父亲擦拭,蓦然发现父亲花白的头发像被老鼠啃咬一样,参差不齐。刘悦问母亲父亲的头发是怎么回事?母亲说是自己帮父亲拿剪子剪的。刘悦问为啥不去乡里的理发店理?母亲为难地说,去了,人家理发店里理发的人多,理发店小姑娘见你父亲这个样子,嫌脏,不给理。

刘悦很气愤,却又无可奈何,他去屋里翻找出以前丢下的电推刀,擦拭一番,又上了点油,帮父亲把头发整理了一下,完后,父亲嘿嘿地笑着对刘悦跷大拇指。

刘悦很是伤神,自己在城里是有名气的美发师,每天的顾客排成长龙等他做头发,而自己的老父亲的头发却要母亲用剪刀剪得不成样子!自己咋就没有想起来为父亲理理发呢?刘悦突然发觉,自己做了这么久的美发师,还真没有给生他养他的父母理过一次头发。

刘悦一番沉思,突然有一个想法冒了出来。

刘悦把自己家里临街的那间小门面简单一整理,又把自己以前的一套理发工具找出来鼓捣一番,在门面房里挂一面大镜子,几把椅子,一间理发室就诞生了。

刘悦找到村主任,在大喇叭里广播说,凡是六十岁以上的老人去刘悦的理发店理发,一律免费!

第一个顾客是自己的母亲,母亲一辈子没有这么正式地理过头发,都是邻居家的大嫂小妹用剪刀那么简单一剪,今天儿子刘悦为自己弄头发,心里高兴得没法说,眼里都闪出了泪花。

刘悦颤抖着双手,终于把母亲的头发弄好了,在镜子里看母亲,母亲看上去至少年轻了五岁!

刘悦向门口一看,门口早已经排了长长的队伍。

刘悦很认真地为每一个大伯大娘理发做头,母亲还帮那些老人洗头。

一天都没有休息,终于停下来了,看着一地花白的头发,如雪似霜。刘悦感觉那一地的白发都似父母的白发,心里腾升起一股从来没有过的暖流。

以后的日子,邻村的老人们也来找刘悦理发,刘悦一视同仁,认真对待,大伯大娘没有办法表达自己的感激之情,都争着帮刘悦给下一个理发的老人洗头,打扫地上长长短短如雪似霜的白发。

一天早上,刘悦从里面打开店门,习惯性地走到门外扩了一下胸,转身,一抬头,猛地发现自己的店门上装了门头,很漂亮,上面印着五个大字"亲如雪发屋"。

刘悦惊愕地张着嘴,随即紧紧地闭上眼睛,他想用力挡住那股决堤的感动……

溢出来的爱

亲如雪

星期天,歪歪坐公交车去找朋友玩。

上了公交车,歪歪看到临窗有个空位,晃晃悠悠直奔了过去。

临通道的位置坐着一位穿戴时尚的小伙子,左手伸在口袋里,右手在玩手机。歪歪说:方便的话,您往里面坐坐。小伙子看都没看歪歪,屁股一转,双腿就到了通道上,意思是你可以进去坐。

第一辑 母亲的葡萄酒

歪歪刚坐了下来,一位老太太上了车。

老太太瞅了一圈儿车厢,知道没有多余的座位,就慢悠悠地走到歪歪坐的那排边上,一只老手扶着靠背,站在通道上。

歪歪看到老太太想起了在家的老娘,想起来给老太太让座,但自己坐在里面,不方便,他想现在的人素质高,肯定有人给老太太让座的。

歪歪错了,歪歪发现有可能给老太太让座的几个乘客全部把目光抛向了车外。

售票员大概看不下去了,大声说有哪位给这位老太太让下座?售票员连问了几遍,整个车厢静悄悄的没有一个人说话。

售票员无计可施,说老太太您自己扶好了,摔倒了我们可不负责。

老太太听了售票员的交代,另一只手也紧紧地抓住了靠背。

这样的画面有点滑稽可笑:一车年轻体壮的男女坦然自若地坐在座位上瞭着窗外的风景,一位年迈的老太太双手抓着座位的靠背颤颤地站着……

歪歪再也看不下去了,他站了起来,说大娘您来坐吧。

老太太连声说谢谢。歪歪出去了,老太太腿脚不便,却坐不进来。

歪歪对坐在外面的小伙子说,兄弟,你坐里面,让这位大娘坐下好吗?

小伙子眼睛一白,说,管闲事!

歪歪气得把拳头都攥了起来,却忍了忍,没有发作,只是用坚定的语气再对那小伙子说,兄弟,你坐里面,让大娘坐下!

小伙子可能被歪歪的语气震慑住了,不乐意地往里面挪着屁股。

老太太松了手刚要去坐,司机一个紧急刹车,老太太栽倒了……

售票员大声斥责歪歪:都是你,那么多事,这事你负责!

老太太没有大碍,只是磕掉了两颗已经不太牢固的门牙。

老太太嘴里流着血,对有些焦躁的歪歪说:没事,年轻人,我一点事都没有,今天我就是去拔牙的,这下好了,连牙医也不用找了,全省了。

因为突然掉了两颗门牙,漏风,歪歪听见老太太说话也不太清楚了,疼痛刻在老太太脸上,但老太太却面带微笑。

歪歪心情沉重地从口袋里掏出了一叠卫生纸,帮老太太擦拭嘴角的鲜血。

老太太先于歪歪下车,是歪歪扶着老太太下的车,歪歪说老太太,您慢着点。老太太感激地点着头对歪歪说:好小伙子!

一次,歪歪又在公交车上遇到了上次那个不肯换座位、穿戴时尚的小伙子,他这次坐在临窗的位置,外面的位置空着,那个小伙子也看到了歪歪,白皙的面庞唰的一下就红了。歪歪礼貌地朝他点下头,就坐了过去。

公交车正要启动,又停了下来,上次磕掉两颗门牙的老太太慢悠悠地上了公交车。

这次老太太手里拎着一只可以折叠的凳子。歪歪赶紧给老太太让座,老太太也认出了歪歪,老太太说:小伙子你坐,我带着凳子呢。

歪歪不容分说扶着老太太把她摁在自己刚才的座位上,老太太把可以折叠的凳子给歪歪,说:小伙子,你也坐!

歪歪挨着老太太坐下。老太太望着歪歪和蔼地笑了笑,歪歪望着老太太憨憨地笑了笑,很温暖。

随后上车的一位乘客脖子上挂着相机,他刚好捕捉到了老太太和歪歪相视而笑的镜头。

第二天的市报上用了半个版面刊登了一副暖意盈盈摄影作品,题目是:溢出来的爱。

第二辑 到老师家坐坐

储蓄罐里的假钞

小刘去外地出差,拿一张百元大钞在车站买水,被小贩找回了一张五十元的假钞。

几个朋友在一起喝酒,说起此事,大张拍打着胸脯说可以帮他把假钞花出去,但之后要小刘放放血,花二十元钱请大家喝饮料。

几个朋友听了,都起哄对小刘说值。小刘却说假钞已经被他烧了。小刘被几个朋友轮番轰炸,骂他傻瓜,别人骗了你,你也可以再拿去骗别人啊!

回去的时候,我和小刘同路。我问小刘:那张假钞真的烧了?

小刘一句话差点没把我气晕。小刘说他把那张假钞塞进了他的储蓄罐。

我说你真神经病!假钞还进什么储蓄罐?!

小刘说拿出去骗别人他也想过,但以后他若想起此事,良心一定会不安的。与其为了挽回五十元的损失,而换来良心上的谴责,还不如把它塞进储蓄罐,让自己的积蓄看起来多一些,反正那些积蓄也轻易不会动用。

骗人不如骗己!骗别人自己会良心不安,骗自己最起码晚上还可以睡得踏实。

亲如雪

我一向感觉一般般的小刘,如今听他一番话,令我对他肃然起敬。

小刘的储蓄罐里哪里只是多了一张假钞?它里面是有些人要拼搏一辈子都赢不来的财富。

丢不了的自行车

王小毛的自行车确实太旧了。

王小毛一直向爸爸妈妈要求换辆新的,但哪有那么容易。妈妈刚刚做了手术,家里的积蓄全部花光了,还欠了一屁股的外债,现在靠爸爸一个人打工,养活一家三口。

唉,爸爸总是在王小毛要求买自行车的时候,深深地叹气,再等等吧。

再等等再等等,等到猴年马月啊!王小毛心里老大不乐意。同学们都骑着崭新的弯梁小二六车,骑上去舒服又风光,有的同学还买了几千元钱的赛车,更是把王小毛眼馋得不行。

而自己还骑着一辆又大又破的二八车,屁股坐在座子上,双脚就够不着脚蹬,双脚蹬在脚蹬上,小屁股就得这边摆那边,那边摆这边,王小毛整天为这个气鼓鼓的。

如果这个破车子丢了,那爸爸一定会给我买新的自行车!王小毛灵机一动,有了办法。

再路过银行门口的时候,王小毛故意把气门芯拔松,然后把旧自行车锁在了银行门口。这里人多,丢得快些。

晚上,上完夜自习该回来了,王小毛却还没有回家,爸爸正要出门去找王小毛,却和王小毛碰了个顶头。

王小毛说今天上学的时候,车子在半路上坏了,就锁在了银行门口,回来发现自行车丢了。

爸爸一听急了:那怎么办?明天早上你怎么去上学呢?

王小毛耷拉着个脸,却一直暗暗观察着爸爸,等爸爸表态给他买新自行车。

爸爸说:睡吧,明天再说。

第二天一早,爸爸骑自行车去送王小毛上学,回头再赶往自己打工的地方。他下班了,再骑车跑学校去接王小毛放学。

坐上爸爸更旧的自行车,车子咯吱咯吱不停地叫唤,难听死了。一连几天,爸爸都是这样,也没有表态要买自行车。

王小毛真有些憋不住了,说:爸爸你以后不要送我接我了,我自己步行。

爸爸没有理会王小毛,接送依旧。

银行门口不是有摄像头吗?银行有个不太熟的熟人,爸爸就想请熟人帮忙,看看能不能调出那天的摄像记录。

爸爸趁中午去送王小毛的当口,载着王小毛往银行拐了个弯,让他确定一下放车的地方,谁知道爸爸还没有到银行门口,就一眼看到了王小毛的自行车安安稳稳地停在银行的门口。

爸爸惊喜不已,掏出钥匙开车,亲切的目光在旧自行车上爱抚了一遍又一遍,像失散多年的孩子又得团圆一样,只差抱头痛哭了。

这时候,一个大爷过来了,问王小毛的爸爸:这车是你们的啊?怎么这么长时间也不来骑?

爸爸语无伦次地说:孩子说车丢了,就没有来,原来还在呢!

亲如雪

那位大爷说:这车呢,我早上搬出来,晚上搬回去,白天有银行的摄像头和我这个不中用的老头子看着,怎么可能丢了呢? 轮胎的气我也打饱了,赶快骑回去吧! 我就说,这么好的车,怎么就不要了,呵呵……

爸爸对大爷千恩万谢,王小毛恨不得把老大爷吃了。

一天晚上,王小毛又是很晚才回到家,爸爸问怎么回事,王小毛说:自行车又丢了。

爸爸这次没有责备王小毛,把一把新钥匙递给王小毛说,丢就丢了吧,爸爸给你买了辆新的自行车。

王小毛接过钥匙,喜笑颜开。

妈妈忧愁地问爸爸,那你明天怎么去上班呢?

爸爸说,没事,我走过去。

王小毛问妈妈:爸爸的自行车呢?

妈妈说:爸爸把自己的自行车卖了,添些钱给你买了辆新的,谁知道你又把车子弄丢了,唉,好几里的路呢。

晚上,王小毛躺在床上怎么也睡不着……

第二天一早,王小毛把他原来的自行车钥匙给爸爸,说:爸爸,你骑我的车去上班吧。

爸爸说:你的自行车不是丢了吗?

王小毛不好意思地说:刚才我出去看了一下,它昨天晚上又自己跑回来了……

1976年的腊八粥

1976年冬天,格外冷。一进腊月,母亲就把早已精心挑拣出来饱满的黄豆、绿豆、干枣,还有大米、小米等悉数拿了出来,摆在正间的方桌上,不准我们小孩子动一下,说腊八那天是要祭祖的。干枣腊月初六晚上就用清水泡上了,发泡了一晚上的干枣通体殷红饱满。初七,母亲用一天的时间淘洗黄豆绿豆大米小米。两只红薯洗得表面的红皮已经脱落,斑斑驳驳的,母亲还要拿菜刀把红薯皮削掉,切成五厘米见方的块。蔓菁是母亲最喜欢吃的食物,母亲拣了那些小个的,不用切瓣,并且是经过霜打蔫了的蔓菁,这样的蔓菁又甜又面,蔓菁身体上每根细细的须母亲都拔干净了,任何一个坑洼的地方都反复清洗,不让留有一丁点泥沙。最后的一把花生仁是母亲从高高悬挂在门后二梁上的竹篮里取出来的,我嘴馋得想偷吃一粒,手还没有触到花生仁,就被警觉的母亲用粗糙的大手轻轻打了一下。

一切准备停当,初七晚上准备睡觉前,母亲把所有材料一股脑放进锅里,往锅里加了足够多的水,开始小火慢煮。

第二天一早,我还没有起床,就被住一个院里的张叔和张婶吵醒了,原来张婶煮的腊八粥不够八样,被一向较真的张叔发觉了,张婶不认账,还骂张叔迷信,被张叔扇了巴掌,母亲跑去劝架,张叔对母亲说:这个死

亲如雪

婆娘存心不让我过好！张婶抱屈地说：我凑不够八样，总不能去借人家的吧？！母亲没有听完，跑回家端起刚刚煮好的腊八粥就走，我提醒母亲：还没有祭祖呢！母亲说：小声点，别让祖先们听到。母亲端了锅到张叔家，二话没说，拿起大铁勺，就把我家的粥舀了两勺倒进张叔家的粥里，连声说：这不就齐了，来年五谷丰登，平安如意！张叔连连摆手：使不得，这咋行？你们还没有祭祖，我们承受不起啊！母亲笑着用铁勺在张叔家的粥里搅拌一番，又舀回两铁勺粥，说：好了，把我们家的粥舀回来，两清了，两清了。张婶看着忙碌的母亲，咬着嘴唇一个劲抹眼泪。

　　恭恭敬敬地祭过祖，我们全家开始吃又香甜又丰盛的腊八粥，我看锅里还有不少，就对母亲说：娘，这腊八粥我中午吃，晚上还吃！娘笑着说：中！中！娘的话音刚落，就听见门外有打绑的声音，一听就知道是外乡讨饭的来了。这么好吃的腊八粥可不能轻易给他们，我第一个反应过来，跑出去对讨饭的说：俺家锅都刷过了，去别家吧。母亲在后面拍打了我一巴掌，小孩子说着玩的，母亲接过讨饭的那只巨大的蓝花瓷碗，向灶台走去。母亲舀了一勺，我说：中了。母亲没听我的，又舀了一勺，母亲净拣红薯蔓菁枣舀，把锅里的疙疙瘩瘩都捞完了，满满一大瓷碗腊八粥递给了讨饭的，讨饭的一个劲说：好人啊，好人啊！

　　我非常生气，母亲咋能这样呢？我抹着眼泪不吃饭，母亲拉过我说：傻孩子，娘多煮点，就是想让咱多吃几顿，咱家的福就长了，你看那讨饭的，他们哪儿都去，他们吃了咱家的腊八粥，他们走到哪儿，不就把咱家的福带到哪儿，咱家的福不就变得又长又宽了，那你还怕以后没有更好吃的腊八粥？咱得感谢人家啊！我听了母亲的话，破涕为笑。

母亲的"电影"

　　母亲当了一辈子代课老师,现如今一人住在乡下,我们几次去接她来城里和我们一起住,都被母亲婉言拒绝。母亲舍不得她住了大半辈子的老屋;舍不得也叫她奶奶、她教过的那些"孩子"的孩子;舍不得比兄弟姐妹还亲的老邻居;更舍不得埋在屋后的父亲。

　　母亲身体特别硬朗,她说到了城里住楼上,沾不到土气就浑身没劲,比生病还难受。那是去年的时候,一次我和妻子碰巧都要出差,没办法,就接母亲来给她孙子做饭连看门,实指望这次趁这个机会把母亲留下。那次母亲没有犹豫,很爽快地就和我来到了城里的家。母亲一住就是半个月,待我出差回来,母亲却整整瘦了一圈。我问母亲哪里不舒服?母亲说没事,就是想她的老邻居;想那群叫她奶奶的孩子;想看看掩埋父亲的那捧黄土。我眼睛湿润,再也找不到挽留母亲的借口。儿子却拽着奶奶的手,恳求奶奶再多住几天,他喜欢吃奶奶烙的油锅盔,喜欢听奶奶讲他爸爸小时候的趣事、糗事。母亲抚摸着孙子的头说等放暑假回去和奶奶一块住,奶奶天天给你烙油锅盔吃,天天给你讲你爸爸更多更有趣的故事。儿子才噘着小嘴,依依不舍地和他奶奶告别。

　　儿子放暑假了,我把儿子送到了乡下母亲那儿。那天,母亲忙忙碌碌,轻盈穿梭在房里屋外的身影成了我生命中最温暖最生动的一页书签。

亲如雪

儿子开学的前两天，我去母亲那里接儿子，我问母亲，儿子可听话？母亲高兴得合不拢嘴，一个劲地夸她的孙子如何如何的棒，母亲说她的孙子的到来，让她有看不完的电影。我听得一头雾水，现在乡下哪里还兴放映电影？母亲笑着解释说是她看了孙子的日记，仿佛在看一部部精彩的电影，享受到了一家老小和睦相处，无与伦比的天伦之乐。

原来母亲看了她孙子带来的两大本日记，里面记录我们三口之家的点点滴滴，母亲的眼前就浮现了她的儿子、儿媳和孙子的音容笑貌。母亲说我看到你们过得那么幸福、甜蜜，我就满足了。我孙子已经答应把他的日记作为礼物送给我了，他叫我想你们的时候就看看"电影"。母亲笑了，笑得很灿烂。原来母亲什么都不需要，她老人家最想要的就是不在她老人家身边，她的儿子、儿媳和孙子的丝丝美好的信息。我的热泪漫出了眼眶……

从来没有写过日记的我回来后也开始和儿子比着写日记了，妻子笑我说是不是要重温当年的作家梦。我说，不是，我要把咱们的一点一滴都记录下来，送给母亲。妻子当然听不懂，说，你记的流水账给母亲看什么？我说，那是母亲的电影，母亲稀罕……

一种叫作"恨"的爱

在上初中的时候，记得是初二，期末考试的前夕，一天午休的时候，有几个同学像往常一样，拿出扑克牌，刚刚放在课桌上，就听有坐在窗户底下的同学低喊了一声:"班主任来了。"准备玩牌的几个同学麻利地把扑克牌藏了起来。

　　班主任脸色极难看地进了教室,环视了教室一圈,严厉地问:"刚才都是谁在打扑克?"全班死一般寂静,没人吭声。

　　班主任犀利的目光在每一位同学的脸上掠过,最后,停留在我的脸上:"尚庆海!"我闻声,紧张地站了起来,班主任问:"刚才都是谁在打扑克?"我不假思索地说:"没人打扑克,他们刚把扑克拿出来……"我还没有说完,班主任已经怒气冲冲地抓起教鞭狠狠地敲在我头上,不止十下,一边敲还一边狠狠地说:"叫你没人打扑克!叫你刚拿出来!叫你不老实!叫你没人打扑克……"我当时咬着牙忍着一声没吭,但疼得早已有泪水在眼眶里打转。

　　在班里我可一直是三好学生,班主任向来都非常信任我,我还是语文课代表,那天班主任问我,我知道班主任想我一定不会让他失望,但令他没有想到他一直器重的三好学生也会对他撒谎,班主任一定是失望至极……

　　可是,当时班主任怎么知道那天我就是趁机要"告"那几个同学的状的,我从不会去老师那里打小报告,但我也从来不对老师的问话撒谎,这全班的同学都知道,如果我趁这个机会"举报"了那几个玩扑克的同学,既是帮了他们,也不至于"得罪"他们。我对班主任只是想说当天没有人打扑克,他们刚刚拿出来,这也是事实,但以前他们趁午休时间在教室里玩过,影响过别的同学,可班主任没有听我说完就对我大动肝火。

　　当时全班静得连掉地上一根针都能听见,甚至所有人的呼吸都静止了,有几个女同学都吓得别过脸去。我没有必要再说下去了,反正已经当着这么多的同学受"辱"了(当时就是那么想的),摸着头上起得满头核桃大小的疙瘩,当时我就觉得委屈,甚至有些怨恨……

　　后来,我对班主任一直冷眼对待,班主任可能也意识到了。在后来的学习中,我一直吊儿郎当,上课不是打瞌睡就是做小动作,班主任的目

光每次和我无意碰撞之后,就默默地移开,我却故意挑衅地看着他,班主任那段日子却自始至终没有对我说过一句批评的话。

这种情况大概持续了有一个星期,我蓦然发现班主任的白发好像突然变多了,像是一个孩子猛然看见自己亲爱的父亲一下子变老的那种感觉,我的心莫名地痛了一下。

直到一次发放作文本,我看到了身为语文教师的班主任在我作文后面的评语,其实也不能说是评语,确切地说应该是对我的道歉:尚庆海同学,那次老师没问明白就鲁莽地惩罚了你,那时老师以为你撒谎了,而没有耐心听你说完,老师当时太"恨"你了,才……是老师不对,老师知道冤枉你了,但你这几天的冷眼和不好好学习就算是对老师失当之处的惩罚吧,请原谅老师,从今天开始还和以前一样,努力学习,继续做老师的三好学生,好吗?

我看完班主任的"评语",当时就落泪了,不只为班主任主动为自己雪了冤,而是为我拥有一个敢于承认自己错误、而向他的学生道歉、对他的学生有着浓浓父爱的班主任。

我知道,那是一种叫作严厉、叫作"恨"的爱。

到老师家坐坐

那次回老家和几个小学同学在一起喝酒,完毕,我说,这些天网上和报刊上到处都是关于教师节的稿子,在小学一直教了我们五年的曹

老师现在不知可好！红光提议说不如我们去曹老师家坐坐,趁着酒劲,几个同学热情高涨,都表示赞同,于是,我们几个便浩浩荡荡向曹老师家开去。

　　进了曹老师的家门,已年过七旬的老师高兴得跟个孩子似的,惊喜地问:"你们怎么来了？"我醉醺醺地说:"我们来看看您！"老师看到我们手里提的礼物,不高兴了,说:"来了,比什么都好,带什么东西！"老师张罗着叫师母去调凉菜,再买一件啤酒,我们说什么也不让师母去,叫师母歇着,老师就不高兴了,我说:"老师,我们来的时候已经喝了不少了,您再让我们喝,不怕醉了去外面给您丢人？我们是来您这里醒酒的。"

　　老师听了,没再坚持,又张罗师母给我们泡醒酒茶。

　　我们师生围坐在一起,聊着从前在学校里发生的种种趣事,不时爆发出阵阵开心的笑声。老师的身体很硬朗,根本不像七十多岁的人,老师还是那么健谈,老师说我的身体这么好啊,主要是我想得少,吃得好,多运动,不争吵。老师不住地劝我们喝茶,师母就不停地给我们的茶杯里续茶水,大概醒酒茶喝得太多了吧,我们都酒醒得差不多了,话也逐渐少了,倒是我们的老师侃侃而谈,兴趣盎然。我们几个就都有些坐不住了,心不在焉地你看看我,我看看他,老师的谈兴正浓,根本没注意到我们几个的反应。红光终于忍不住了,说:"就这吧,还有些事儿,我们先回去,老师歇着吧。"没等老师说话,我们几个赶紧站了起来,往外走,老师和师母执意送我们到大街上,这时候,满头白发的老师居然不住地揉起了眼睛,眼圈红红的,我惊问老师:"老师您怎么了？"老师说:"我教了一辈子书,第一次有学生上门来看我,我激动啊。"我听了,心里特不是滋味。

　　常言说得好:一日为师,终身为父！可整整教了我们五年的启蒙老师,我们在心里给他留了一个本应该属于他的位置了吗？哪怕曾经,有吗？

　　回去后,深思良久,我问几个同学:"如果今天不是我们喝了酒,在酒精的刺激下,我们会去看我们的老师吗？"他们几个愣了愣,都有些尴

亲如雪

尬,红光惭愧地说:"我们农村真没这个习惯,酒劲一下,我就问我自己这是在干啥?"大概当时都是这么想的,为自己如此反常的行为而后悔。又沉默了好一会儿,红光打破沉默说:"要不以后我们每年教师节都去我们的老师家坐坐?"我说:"不光在教师节的时候去坐坐,以后谁有空就去,代表我们全班同学、老师教过的所有同学去老师家坐坐!"

看门"狗"

儿子考上了重点大学,学费吓死人,一入学就得交一万多。老伴打来电话,在电话里头愁得直想哭。老耿也作难,老耿安慰老伴,说钱他想办法,等他干到儿子开学,这几个月打工挣的工钱,再加上家里这十几年省吃俭用攒下的积蓄,也就差两千多一点,人还能叫泡尿憋死!

挂了老伴的电话,老耿就去找工地的负责人,负责人对老耿说:"你晚上看门可以,但你白天不能影响工作。"老耿说:"领导您放心吧,我身体棒着呢!"负责人冷冷地说:"情况你也知道,这地方人太猖獗,晚上来工地逮住啥是啥,你得保证不能丢东西,丢了东西折价去你工资里扣。这高工资也不是好挣的。"老耿心里明白,弄不好,干了这几个月的工资就全打水漂了,但为了给儿子筹学费,老耿没有更好的办法了,在这工地看一晚上的大门比累死累活地干一天大工的工资还高。老耿算了一下,这样的话,等到儿子开学,如果不出意外的话,学费差不多就齐了。老耿想赌一把!老耿说我知道,老耿试着问负责人:"领导你看能不能这两人的活我一个人干?"负责人用怪怪的眼神上下打量老耿一番,问老耿:"你什么意思?"老耿讨好地说:"孩子上学,急着用钱。"负责人在心里一琢磨,说:"这事不好办,出了问题你一个人担待得起吗?"老耿急着说:"领导,我就干二十天,您就成全我吧,孩子考上不容易。"老耿说着,四下瞅瞅,见没人,从怀里掏出一条"红旗渠"塞给负责人,负责人说你这是干啥?说着的时候烟已经藏进了被窝里了。负责人脸色缓和了些说:"就二十天,你碰时运吧,这事我也担风险,工资不能给你开两人的,最多给你算一个半人。"老耿一咬牙说:"中!"

老耿告了半天假回了趟家,回来的时候,腋下夹了个蓝布包,像是一条被子。

晚上,老耿没敢睡在门口临时搭的棚子里,他趁着夜色把他白天从家带来的东西往身上一披,就地蹲在工地正门口。后半夜的时候,有俩影子鬼鬼祟祟地来到工地门口,老耿根本就没睡,故意弄出点动静,其中一个拿手电筒一照,只见门口卧着一条乌黑发亮的大狼狗,吓得"妈呀"惊叫一声,连连后退,另一个说:"咋恁大个玩意儿!"那两人试着从边上绕过去,那大狼狗就欠欠身子,那两人就赶紧后退,他们一退,大狼狗就安安生生伏在地上,这样几个回合,那两人终于放弃了,悻悻而去。

第二天晚上,又来了仨人,到门口就给大狼狗扔了俩肉包子,大狼狗根本不为之所动,那仨人又给它扔了一只烧鸡,还不奏效,大狼狗不上圈套。那仨人不死心,要绕过去,大狼狗就欠身子要起来,那仨人没辙,只好骂骂咧咧无功而返。

在这十几个夜晚,不知来了多少窃贼都被工地门口硕大的狼狗给震慑住了。老耿合计着要不是负责人克扣他这半个人四百多的工资,儿子的学费刚好撂住。就在老耿就要看够二十天的最后一夜,那些窃贼看来真的被逼急了,那一夜一下子来了十来个壮汉子,个个手持铁棍,他们要

除了这只影响他们发财的大狼狗。数十个壮汉慢慢从四周围剿过来,那大狼狗大概知道情况不妙,正要起身,冷不防一铁棍狠劲砸在它的背上,那条大狼狗只发出一声奇怪的闷响,就又实实地趴在了地上,说时迟那时快,铁棍雨点般地落在了大狼狗的身上……

第二天早上,人们发现老耿身上披着一张硕大乌黑的狼狗皮皮开肉绽血肉模糊地死在工地门口,死相惨不忍睹。

老耿的老伴和儿子从乡下赶来了,一见此情形,老伴没来得及哭出声就昏厥过去了,老耿的儿子爬在老耿身上哭得死去活来,断断续续地说着:"爹呀,你说你在工地冷,拿了咱家的大狼狗皮当褥子,你却披在身上给人家当看门狗,儿要是知道是这样,我宁愿不上学也不让你干这个呀……"

工友们默默地抹眼泪,悄悄从兜里摸出十元二十元不等的票子……

那个收了老耿一条"红旗渠"的工地负责人掏了四百元,踌躇一下,想了想,又掏了一百元,给了负责为老耿募捐的一个老民工……

师　　母

师母是一个非常瘦小、普通的女人。

记得在我刚刚上小学一年级的时候,教我的吴老师经常在农忙的时候,到学校布置完作业,就连忙去地里帮师母干活去了。我们在学校便成了花果山的猴子——没了王法。可不到一节课的时间,吴老师又满头大汗地回来,心神不宁地来给我们上课。特别是在抢收抢种的夏秋之交,我不止一次听吴老师抱怨说:"一地的活,不放假,等放假了,地里的活也差不多结束了!"

当时教师的工资非常低,吴老师是没心思教这个学的,可师母不依,师母说:"就是不给你一分钱工资,你也是教师!"师母没上过学,她说不出"人类灵魂工程师"这么有学问的话来。师母是对吴老师非常仰慕的,在村里人喊吴老师"吴老师"的时候;在看到吴老师站在讲台上,教室里几十双求知若渴的眼睛,都投向吴老师的时候,师母是无比满足与自豪的。

那年麦天,天上的太阳把空气烤得跟着了火似的。麦熟一晌。吴老师自是在教室里待不下去了,小麦熟焦了,如果一场风雨下来,今年的收成就全泡汤了。吴老师给我们布置完作业,便匆忙出去了……我们看着吴老师的离去,心里暗自高兴,却又不免叹息:不到一节课的时间就又回来了!因为之前无数次的经验已经告诉了我们。但我们当时是多么希望吴老师这一去,至少两天、一天、哪怕一晌,不回来上课啊!

事实果然如此。吴老师是被师母"押"着回来的。在教室门口,我们听见师母说:"地里的活你别管了,好好在这里教好你的书就是了,我一个人行,保证让咱家的小麦颗粒归仓!"吴老师说:"可你一个女人家,还带着孩子,怎么弄得了?这学我不教了!"听得出来,吴老师是准备豁出去了。师母压低声音,非常严厉地说:"我都给你保证了,如果你不好好教课,我可真的生气了!"

后面说的什么,由于声音太低,没法听到,但没多久,吴老师便又重新站在了我们教室的讲台上。

当时,我们对师母的所作所为没有敬爱与钦佩,而是埋怨与憎恨,因为是她,让我们失去了许多自由自在、随心所欲的快乐时光。

这样的事情还有许多,在发生过许多这样的事情之后,一天,师母找到了校长,请求校长把吴老师调到外村的学校去。校长听了,当时也觉得不可思议,许多在外村教学的老师,找关系要往自己所住的村子里调,好方便农忙的时候不耽误地里的农活,她却要求往外面调!

在师母一再的奔波与坚持下,只教了我们两年的吴老师被调到了离家二十里之外的大官村小学。由于离家远的缘故,吴老师被迫住校,每星期回来一次。

在我上小学四年级的那年麦天,我患了重感冒,告假在家休息。爸爸妈妈都在地里割麦呢,看着外面如火球一般的太阳,我去地里给爸爸妈妈送水。在经过吴老师那块麦地的时候,偌大的一块小麦,只有师母一个人在不停地一下一下、伸拉着右手里的镰刀。师母那瘦小单薄的身子深深地曲弯着,如同一张上了弦的弓。汗水早已浸透了她的花汗衫,如刚从水里打捞出一般。

我站在地头,看了许久,师母都没有伸一下腰,或者擦一把汗,哪怕是挥动着镰刀的右手,有那么一下的迟疑与呆滞!我突然想到了师母对吴老师说的那些话来:地里的活你别管了,好好在这里教好你的书就是了,我一个人行,保证让咱家的小麦颗粒归仓……

师母放在地头、用酒瓶子盛的水只剩小半瓶了,我悄悄把送给爸爸妈妈的水,给师母的水瓶蓄满……

立　碑

　　村里的老头老太们要修庙,从村里出来在县城当了局长、被村人称作"第一富"的朱德威一下子就捐款500元。"第一富"一带头,那些在村子里有头有脸儿的都纷纷解囊,100、50、20、10元,很快就集资了2000多元,小庙也很快就顺顺利利建成了。

　　开光那天,平常不怎么回村的"第一富"朱德威,开着私家轿车领着老婆孩子也来烧香。那些善男信女为了表达对朱德威的感激之情,特在小庙一边立一尊公德碑,排第一个的就是捐款大户朱德威。小庙紧邻村小学,看着修建一新富丽堂皇的小庙,校舍更显得破落不堪,摇摇欲坠。

　　到了汛期,在风雨中挺立了半个多世纪的教室就像一位苟延残喘的老人,随时都有倒下去的可能。

　　校长去村委会找村主任,村主任说村里一分钱也没有,要不也像修庙那样搞捐款吧。村主任在高音喇叭里天天吆喊,没有一个人来捐款,没办法,村主任就和校长一起挨家钻。

　　进第一家,村人问:咱村"第一富"捐了多少?村主任说:还没有。村人说:等咱村的"第一富"捐了,俺也捐。

　　进第二家,和第一家遇到的情形一样。村主任出主意说:校长,要不你辛苦一趟,去县里找找你的大侄儿朱德威。校长有些生气,这几年他

亲如雪

没少去动员那个"第一富",可他不是这样推就是那样挡,反正一毛不拔。但想到这学校再不修建,学生又该放假了,无奈,答应了。

校长去县城找朱德威,傍晚回来的时候,脸阴得要下雨。可中央台预报这几天有暴雨,并且阴雨天气会持续一星期,为了学生的安全,校长给学生放了假。学生一回家,家长的意见就大了,大街上说啥难听话的都有。

就在学生放假的第三天,特大暴雨整整下了一天,第二天,连绵不断的小雨又持续了一天,等雨停下来的时候,校长到学校一看,几间教室早已化为平地。

这下学生可真的没地方上学了。村民们站在废墟边沉默无语。有几个小女孩看着自己曾经学习过的地方,嘤嘤哭了起来……

这时候,村里的五保户赵拐子一摇三晃地走到校长面前说:校长,我愿意把我所有的钱捐出来建学校。校长看了赵拐子一眼,苦笑了一下。村人说:你一个五保户,有几个钱?赵拐子咕哝着说:一万多。校长和村人都吃惊地看着赵拐子。赵拐子低着头说:我捡了一辈子破烂,攒的!孩子们不能没有教室啊!

村人沸腾了,想不到赵拐子还是个万元户!

他连个后都没有,还积什么德啊?

人家赵拐子把一辈子的积蓄都捐出来了……

不知道谁大声喊道:我们不求别人,我们自己集资建学校!

差缺的建校款很快凑齐了,小学的修建一天也耽搁不起。全村老少齐上阵,清理废墟。有车的出车,拉石料水泥;有大工的出大工,夯地基,砌墙;没车没手艺的就搬砖和灰。他们不要外面的包工头承包,村人害怕豆腐渣工程,村人坚决不能让赵拐子捡了一辈子破烂的血汗钱给糟蹋了。

数十间红砖兰瓦房没多少时日就在村人热火朝天的劳动中拔地

而起。

学生开学那天,村人说什么也要给赵拐子立个公德碑。赵拐子红着脸嘟囔着说,那东西都是虚的,还不如省下钱给学生买写学习用具。

村人不依,说要不是你赵拐子倾尽所有捐款,这学校啥时候能盖好?学生也不知还要在家里蹲多久?

几家富裕些的村人坚决给赵拐子立了一尊公德碑,上面就刻着"赵大山造福后代,千古流芳"几个字。赵大山是赵拐子的大名,多少年没有人叫起过了,连赵拐子自己都有些生分了。

新立的功德碑和修庙时立的公德碑并肩而站。

赵拐子不识字,他见碑上没几个字,就问校长,碑上都刻了谁的名字,咋没几个字哩?这可是咱全村人集资盖的新校舍啊!村人都笑着说,就你赵大山一个人的名字!你是咱村盖学校最大的功臣!赵拐子说什么也不会相信,他以为村人跟他开玩笑呢。

后来,去庙里烧香的人越来越少,她们说:还省下买香、买纸的钱给孩子买作业本呢。

再后来,那尊刻着"朱德威"名字的公德碑倒下了,也没有人去再把它立起来,时间长了,硬被村人的脚踩进了泥里……

第三辑

菩萨回家看父母了

生　意

　　我和大力、泉子是同学,大力和泉子同在镇里开店卖衣服。

　　两个店距离不远,大力出门就能完全看清楚泉子的店,泉子站门口就能对大力的店一目了然。

　　那天一早,我有事去找泉子,碰见了大力从店里出来,我问大力:生意怎么样?

　　大力笑逐颜开地说:可以,呵呵。

　　听那语气,不只是可以那么简单。

　　我到了泉子的店里,由于是早上,没有顾客,泉子在整理东西,他媳妇在后面煮玉米粥,泉子看见我,停下来手里的活,对后面正在忙碌的媳妇说:大卫来了,多烙张饼啊。

　　我问泉子这段时间生意如何,泉子搓了搓手,有些尴尬地说:一般,不是太好。

　　我和泉子说了几句话,就要回去,泉子不让,说媳妇都烙油饼去了。

　　我说回去还有事,没有留下吃饭。

　　回去路过大力的店,又刚好碰见大力从外面回来,左手拎着两碗稀饭,右手拎着几根油条。

　　大力在我眼前举了举手里的东西,说:别走了,留下来吃饭。

我说谢谢,今天就不拐弯了,还得赶着回去呢,有事。

后来,泉子请客,我和另外两个同学还有大力都到了他的店里,大力问泉子准备去哪家饭店啊?

泉子的脸"腾"地红了,说:就在店里,媳妇准备了半晌了,媳妇说她的手艺不比饭店里那些大厨的手艺差,要给你们露一手哩。

我见状,赶紧打圆场:是啊,饭店做的菜太油太腻,还不卫生,还是自己弄好!就是辛苦了弟妹啊!

一桌子菜端了上来,我们几个同学坐了下来,我喊泉子媳妇来一块吃,泉子媳妇微笑着说:你们吃!喝!有啥事就说话,我今天就是给你们几个搞服务的。

店没有关门,不时有顾客上门,还能听见讨价还价的声音。

泉子媳妇一会儿来给我们倒茶水,一会儿又给我们拿来盒烟,店前店后穿梭个不停。

没隔多久,大力也打电话要几个同学到他那里聚聚。

大力招呼着我们几个同学去望乡宾馆,那是镇里最豪华最上档次的宾馆,大力招呼她媳妇关了店门,也去潇洒潇洒。

那次,我们就在望乡宾馆吃、喝、玩,整整耗了一个下午。

到了年底,大力和泉子都做了盘点,大力除了房租,居然没有挣到多少钱,大力给我打电话说明年不准备干了,挣不到钱,想把店盘出去。问我知道不知道有谁想干。

我说你的生意不是一直挺好的吗?怎么没有挣到钱?

大力说开支太大。

我打电话给泉子,问泉子的生意怎么样?我知道泉子店铺的位置不如大力,生意也确实没有大力的好,这都有目共睹,我担心泉子也因为没有挣到钱,会把辛辛苦苦张罗起来的店铺盘出去,关门大吉。

泉子说今年挣得不多,没有达到原来自己定的目标,但比去年强,今年净落两万。

这完全出乎我的意料。

我说大力准备把店铺盘出去,他说没有挣到钱。

泉子听了,也不大相信,说他的生意比我的生意要好得多,我给他算过账了,他至少比我多挣一万。

我再跟大力联系,想劝他再坚持一年,说万事开头难,好不容易有了固定的客源,就这样放弃了实在可惜。

大力说什么也不干了,说已经和媳妇商量好了,决定了,说还不如两人上班挣得多。

到最后,大力的店铺由泉子接了,泉子看中了大力店铺的位置,还有固定的客源。泉子还用大力原来店铺制作的门头。

泉子那天来找我,说要我无论如何帮他找两个服务员。泉子说他和媳妇一人一个店,看看到时候谁挣得多。

我由衷地为泉子感到高兴,我说泉子你得请客,生意都大了一倍了。

泉子干脆地说:客一定要请,你想去哪个饭店吧?

我对泉子说:你能盈利我知道是啥原因,希望你永远能那样,别变!还是去你店里吧,就我们兄弟俩,店铺门别关,还让你媳妇一边招呼我们一边看店,不过得这样,我们两人的酒菜还得按上次我们五个人的标准来弄,狠狠浪费一回!有意见吗?

泉子使劲拍了拍我的肩,说没意见!

我笑了,泉子也笑了,笑得很舒心。

记录本里的名字

兄和弟是双胞胎。兄弟二人大学毕业以后,都各自参加了工作。

兄弟俩性格迥异,因此平常很少沟通。

一次,弟去兄的房间里借书,无意看到了兄桌子上摊开的本子上记着许多男人和女人的名字,弟不解,但弟没有问兄为什么。

兄在公司业绩显著,威信越来越高,人气颇旺,于是升职、涨工资,好事接连不断。

而弟却由于在公司和领导同事的关系一个个先后闹僵,在公司被领导穿小鞋,遭同事挤兑,再难立足,被迫辞职。

当兄得知了弟的情况,去弟的房间看弟。

弟看着兄,懊恼地问兄:"我们都是名牌大学毕业,我的工作能力也不比你差,为什么你一路风光,我却遭此厄运!"

兄也不知道原因。

弟于是开始抱怨公司领导有眼无珠,骂曾经的同事是一群吃人不吐骨头的魔鬼!

兄叹息,摇头。

弟为了出出这口恶气,便拿出了放在枕头底下的一个本子,本子上记录了许多男人和女人的名字。弟指着"李三"的名字对兄说这个人什么时候怎么怎么对不起他,然后再指着"王五"的名字对兄说这个人什么时候怎么得罪了他……

本子上二十几个人被弟一个一个数落得一无是处。弟愤愤地摔掉被自己揉成一团的本子,开始谩骂和诅咒他曾经的同事和领导。

兄不可思议地注视着弟,被弟的所作所为吓着了。

兄等弟发泄完了,问弟:"你这本子上记着的人他们就没有一个给过你或别人帮助令你感动的?或者他们就没有一点在你眼里是优点值得你学习和尊敬的东西?"

弟摇头,又一轮的谩骂和诅咒开始了。

兄等弟平静了下来,问弟:"你记录这些名字的初衷是什么?"

弟咬牙切齿地说:"记住他们,这些曾经对不起我和负我的浑蛋们!我每天晚上睡觉前看一遍,咒他们一次;每天早上起来看一遍,告诉自己应该怎么去对付这群小人!"

兄焦虑地问:"这上面所有的人都是曾经对不起和负过你的人?你做这样一个记录,就是为了提醒自己要无时无刻地诅咒他们、怎么对付他们?"

弟说:"对!"

兄的心绞痛不已,为可怜的弟。

弟不解地问兄:"这我还是学你的,你不是也有一个这样的本子吗?难道你不是为了把别人的缺点和错误永远记住吗?"

兄不置可否地点点头,又坚定地摇摇头,说:"是,我也有这样一个本子,上面记录了我几乎所有同事和领导的名字,我甚至想把我身边所有认识和不认识的人的名字都记上去!但是,我记每一个名字,都是因为叫那个名字的人直接对我或对别人有过无私的帮助,让我心存感激和感动的;或者他这个人本身非常优秀,身上有许多值得我学习的地方,我非常敬重他们。我也是每天晚上看一遍本子,我是要记住这些给过我帮助

亲如雪

或者值得我敬重的同事和领导；早上上班之前,我也会再看一遍,我要告诉自己今天我该怎么做,去帮助需要帮助的同事,去学习那些同事和领导身上非常值得我学习的东西；再有就是让那一个个名字感染着我,让我怀着一颗感恩的心去感激和善待我身边的每一个人！"

兄说："一个人平常只记住别人的缺点,那么这个人慢慢就会拥有许多人的缺点,集许多缺点于一身；同样,如果一个人每时每刻都去记住别人的优点,那么这个人就会慢慢把自己完善成为一个近乎完美、非常优秀的人！"

弟听了兄的一番话,幡然大悟,捡起自己记录满了别人"缺点"的本子,哧啦啦撕了个粉碎,郑重地对兄说："谢谢！我知道该怎么做了！我还会再用本子去记录许多人的名字,但你将是我新记录里的第一个名字！"

最后一个号码

张明在上班的路上捡到一个蓝皮日记本,崭新的,否则,张明是不会下车捡的。张明顺手翻了翻,发现是一个账本,上面记录着某月某日给谁谁谁拉了一车石子, 150元；某月某日给谁谁谁拉了三车粗沙,500元……

看来账本的主人是一个靠拉脚儿为生的农民工。

张明粗略算了一下,钱还不少。张明想现在丢失账本的农民工一定心急如焚,可该怎么把账本还给这位农民工呢?

张明看了看表,眼看就要迟到了。张明又仔细地翻了一遍账本,上面确实没有账本主人的联系方式,但张明还是发现了一个可能找到账本主人的渠道。张明发现,在每笔记录的后面,都有一个手机号码,张明想既然这账本的主人有这些客户的手机号,那这记录在册的客户说不定也有这个账本主人的联系方式。

在单位里做完了手头的工作,张明便逐个打起电话联系起来了。

喂,你好!

你好!你是谁?

是这样的,我今天在上班路上捡到一个账本,上面有3月7日给你拉两车石子的记录,你知道这账本主人的联系方式吗?我好把账本还给他。

哦,你是说你捡到了一个账本,上面还有我欠账的记录,你想要我给你账本主人的联系方式,然后你把账本还给他,让他来给我讨账,是这样吧?

那倒不是,我只是想把账本还给他,他现在一定很着急。

我和你有仇?

怎么会有仇呢?我们根本就不认识。

那你和账本的主人认识?哦,不认识,认识了你就不打电话问我了。那你是雷锋?

不是,我叫张明。

那你不是要他向我讨账,你又不是雷锋,我又和你无冤无仇,你把账本扔下水道里不就得了,何必自己赔电话费干这得力不讨好的事?!

对方说完,"啪"的一声把电话挂了。

张明愣了好一会儿,回不过神儿来。什么素质?张明开始拨打第二个电话。

喂!你好!

亲如雪

你好！谁呀？

是这样的,我今天在路上捡到一个账本,上面有6月5日给您拉三车粗沙的记录,你知道这账本主人的联系方式吗？我好把账本还给他。

哦,那三车粗沙上面记多少钱了吗？

500元。

哦,你叫什么？

我叫张明。

哦,我说呢,你就不可能是雷锋,听说雷锋不止是俩二百五！

对方说完,就把电话也挂了。

张明那个气啊,现在人的觉悟也太低了,素质也太差了,怎么为了自己的一点蝇头小利,就要让人家的辛劳汗水全付之东流啊！

张明似乎看到了账本的主人开着机动三轮车,在炙热的太阳底下,蓬头垢面忙碌奔波的身影。张明想,今天不管怎样也要找到账本的主人,我就不信这上面记录这么多的人,就没有一个有人性的！

张明拨通了第三个电话。

喂！你好！

谁？对方没有好气地问。

是这样的,我今天在路上捡到一个账本,上面有7月2日给您拉一车混料的记录……

喂？你在听吗？

我7月2日没有拉混料啊,你打错了吧？

你的电话不是136××××××××？

是啊,不过,这手机是我昨天刚刚捡到的,还没来得及换卡呢,嘿嘿,我捡个手机还要替他还账吗？

……

喂！你好！是这样的,我今天在路上捡到一个账本,上面有8月15

日给您拉五车粗沙的记录……我们做人要讲良心,做事要对得起自己的良心……

你以为你是谁啊?！神经病!

张明没有想到,今天想做一件好事,居然受的委屈比自己活着三十多年的总和还要多。张明甚至有些绝望了。还好还有最后一个电话号码,张明把所有的希望都寄托在这最后一个号码上了。

张明拨通了最后一个号码。

喂!你好!张明已经有些有气无力了。

你好!谁呀?

是这样的,我今天在路上捡到一个账本……

哦!好人呢!好人呢!你真是一个大好人!对方激动地喊。

听对方如此反应,张明不由大受鼓舞,张明有种预感,这次一定可以找到这个账本的主人。

张明有些迫不及待地问,你知道账本主人的联系方式吗?他一定快急疯了!

我就说这世界上还是有活雷锋的,他们偏不信。你就是雷锋啊!你就是活雷锋!对方显得有些语无伦次。

张明欣慰一笑,纠正说,我不是雷锋,我叫张明。

哦,你是张明雷锋!

张明觉得这个人太好笑了,太可爱了,瞬间,这一天所有的委屈全烟消云散了。张明说,你快告诉我账本主人的联系方式吧,我好先把账本还给他。

对方说,不用还了,作为奖励送给你这个好人吧。

这怎么可以?张明急忙辩道。

我就是那个账本的主人,我是和几个朋友打赌证明这个世界上还有好人、还有雷锋的,那个账本是杜撰的,那个账本上的号码都是我朋友

亲如雪

的……我这次有酒喝了,呵呵,谢谢啊!要不他们请客那天你也来?你的联系方式?哦,对了,我手机上有来电显示……

什么,你们……张明差点没有晕倒。

还　钱

被学校东门口黑心的百货店老板找了一张50元面值的假钞,小雪去找他理论,而百货店的老板死不认账,小雪欲哭无泪,她这周的生活费将无了着落。

为了下周不饿肚子,第二天,小雪拿着那张假钞,去西门口的百货店试着想把它花出去。

西门口的百货店刚刚招了一个年纪和小雪差不多一样大、从农村来的男孩子,小雪非常紧张,她鼓足勇气,递过去那张假钞,说买一包方便面。

男孩子接过假钞,看了一下,小雪担心被识破,紧张得一张脸通红。

男孩子问:"没有零钱吗?"小雪声音有点打战,强装镇定,迫切地说:"没有,快点吧,快饿死我了!"

男孩子犹豫了一下,开始找小雪零钱。小雪接过以后,风似的跑了。

好几天,小雪都不敢去西门口的百货店买东西。

一个月后,小雪在东门口无意间碰到了那个男孩子,一个月不见,那个男孩子变得更黑更瘦了,但小雪还是一眼就认出了他。小雪以为他来这边找她算账,谁知道男孩子看了小雪一眼,羞涩一笑,向西门绕去。

小雪突然心里难受极了,她开始省吃俭用,攒了50元钱,去西门口的百货店找那男孩子,男孩子不在,是老板娘在看店,小雪问起,老板娘说:"他刚来一星期就收了一张50元的假钞,我没有开他工资把他辞了,谁知道前段时间他又过来硬还了我50元钱,我想留他继续干,他却还是走了。"

"他现在在哪里,您知道吗?"小雪懊丧地问。

"你是他什么人?"老板娘问小雪,小雪胡乱说:"我们是邻居。"老板娘说:"我问过他,他说没地方去,就去工地上打小工了,他才15岁,那么小,怎么能干得了?!"

小雪转过身,忍不住泪水吧嗒吧嗒往下淌,一颗后悔不已的心,疼得厉害……

菩萨回家看父母了

他事业有成,对谁都心存戒备,唯独在拜菩萨的时候,心情才能稍有松懈。

一次,他难得清闲,去寺庙拜菩萨。可等他到了寺庙,却不见菩萨踪影,经询问,被告知,菩萨回家看望父母去了。他无奈,便回去了。

不久,他在百忙中抽出时间,又去寺庙拜菩萨。可等他到了寺庙,菩

萨依然不在,经询问,依然被告知,菩萨回家看望父母去了。他无奈,又先回去了。

他心有不甘,隔了一段时间,他推掉一个很重要的谈判,再次去拜菩萨。可等他到了寺庙,菩萨还是不在,再经询问,还是被告知,菩萨回家看望父母去了。他无奈,再次先回去了。

如此反复几次,他终于生气了,父母有多重要?菩萨为了看望父母,都要离开香火兴旺的寺庙,舍下千万人朝拜的祭台?

那天,他为了打消心头的疑虑,回家以看望父母的名义,想要找到答案。

到了家里,他才猛然发现父母鬓角爬满了银发,腰也驼了。自己有多久没有回来过了?父母都老了,再也不是他记忆中的样子了。

他心生愧疚,陪了父母几天,在父母身边,他布满阴霾与冷漠的心灵顿然变得平静、恬然、柔软、温暖,而父母也精神抖擞,每天都乐呵呵地忙着为他做好吃的,仿佛一下子也年轻了许多。

之后,每隔一段,他都要回家陪父母几天,不管谁有再重要的事情找他,他都是那一句:回家陪老父母几天,回来再说!

免　　票

狗蛋是从大山里走出来的山里娃,大学毕业以后,留在了这个城市工作。

下班以后,狗蛋去澡堂洗澡。和狗蛋一起进来的顾客,一人占一个淋浴,从头洗到尾。狗蛋却一直泡在大池子里,等洗好了,才会去淋浴下冲一下。

不过,狗蛋即使在大池子里泡,也不安生。淋浴就设在大池周围,在淋浴下面冲澡的顾客好像个个都没有关淋浴的习惯,不管是暂时离开一会儿,还是去桑拿房蒸桑拿,还是洗完澡准备穿衣离去,他们都没有关淋浴的习惯。狗蛋就一会儿跳出大池,去关住这个淋浴,一会儿跳出大池,去关住那个淋浴。

开始,还有人不好意思,以为澡堂是狗蛋家开的。但后来,在澡堂里的搓澡工问狗蛋搓澡不搓?狗蛋的脸刹那间红了,摇摇头说:不搓。洗澡的其他客人才知道,狗蛋和自己一样,不过是个普通消费者。

日子久了,狗蛋的行为引起了人们的注意。

那天,狗蛋记不清自己往大池外面跳了多少次,去关那些下面没有人了、而还在那里哗哗开着的淋浴。当自己在淋浴下面匆匆冲了一下,去更衣室里准备穿衣服的时候,一个穿着内裤的男人跟了上来,男人问狗蛋:先生贵姓?狗蛋不知道对方是何意,看了那男人一眼,没有说话。

男人呵呵一笑,说:先生不要误会,我姓王,是这家澡堂的经理,我是听了在里面服务的员工对你的议论,今天特意来查访的。你在短短一小时的泡澡过程中,不厌其烦,二十二次从大池里跳出来,去关那些没有人使用的淋浴,让我非常感动!

狗蛋听面前的男人说自己是这家澡堂的经理,这才羞涩一笑,说:没什么,举手之劳。

王经理说:他们使用者都不关淋浴,你为什么要去关呢?

狗蛋刚才的不自然一扫而光,接着,表情凝重地说:看着那白花花的水白白流进下水道,心疼。您有所不知,我们老家,一年四季都严重缺水,夏天,村民们盼望下雨,好把雨水往水窖里引,冬天,村民们盼望下雪,一

亲如雪

家老小都出来用铁锹往水窖里铲雪,吃水都成问题,更别说洗澡了。我虽然现在生活在城市里,再也不用吃雨水、雪水了,但我的爹娘、兄弟姐妹,他们还在那里生活着,如果我在这里,不去爱惜身边的每一滴水,我无颜见我的爹娘和父老乡亲!

王经理听了狗蛋的一番话,长长地叹了口气,说:好兄弟,好样的!王经理拉着狗蛋的手,就往澡池那边走去。

狗蛋不知道这位王经理要做什么,只听王经理大声对正在洗澡的客人们大声宣布:"尊敬的顾客朋友们,占大家一点时间,我今天在这里冒昧地给大家宣布一个好消息。"男人的话引得澡堂里所有的客人侧目。男人说:我身边的这位先生大家也许面熟,大家也可能在私底下议论过他,他就是每次来我们这里洗澡时,一次又一次替别人关掉淋浴的那位先生。爱惜每一滴水,是我们生活在这个地球上的每一个公民都应该尽的义务,我身边这位先生的所作所为值得我们大家学习和尊敬!我今天在这里郑重宣布,这位先生从今以后就是我们这家澡堂的贵宾,在我们澡堂洗澡,终身免票!

王经理的话讲完了,稀稀拉拉的掌声来自那些穿着内裤的搓澡工,其他的顾客好像没什么反应。

狗蛋听了王经理的决定,正不知所措,此刻,只听见在左边冲淋浴的两个年轻人说:喊!我们都随手关了,就没他这个免票的贵宾了。说完,就相继朝更衣室走去。

狗蛋像条件反射一样,三步并作两步,赶去把两个年轻人刚刚使用过的淋浴关住了。王经理本来想对大家来一次现场教育,看到此种情况,不免感叹:看来许多关乎品质的东西,生活环境会起到不可估量的作用!

中午吃什么

母亲是一位农村的母亲,孩子是一位农村的孩子。

孩子来城里上学,母亲便也来到了城里。母亲来给孩子烧饭。

母亲找了一份临时工,工资很微薄,但母亲依然高兴,因为不耽误给孩子烧饭。

母亲来到城里,主要就是给孩子烧饭的,母亲当然要让孩子吃好。怎么让孩子吃好,母亲认为,就是烧孩子爱吃的饭。孩子想吃什么饭,母亲就烧什么饭。

于是,母亲每天在孩子吃过早饭准备去上学的时候,就问孩子,中午吃什么饭?

孩子也不知道啊,孩子就信口说,大米饭。有时候孩子也说,捞面条。

母亲到中午的时候就精心烧了孩子想吃的饭。

但等到孩子放学回来以后,母亲并没有看见她非常希望看到的景象:孩子大口大口地吃她给他精心烧好的他想吃的饭。

母亲轻声问孩子,不好吃?

孩子懒懒地说,不想吃。

母亲看着孩子说,你今天早上不是说想吃大米饭吗?

孩子说,我现在想吃捞面条!

亲如雪

母亲说,这孩子,早上说得好好的,中午要吃大米饭,现在又想吃捞面条。

第二天的时候,母亲依然问孩子,中午吃什么?

孩子想也没想,说,捞面条。

孩子中午放学回来了,端起母亲做的捞面条,又是不想吃。

母亲轻声问孩子,不好吃?

孩子懒懒地说,不想吃。

母亲看着孩子说,你今天早上不是说想吃捞面条吗?

孩子说,我现在想吃大米饭!

母亲说,这孩子,早上说得好好的,中午要吃捞面条,现在又想吃大米饭。

第三天早上,母亲又问孩子,中午吃什么?

孩子想了一会儿,犹豫着说,捞面条。但孩子马上纠正,不,大米饭。

孩子在学校里,课间的时候就想,大米饭一点都不好吃,如果今天吃捞面条,就黄瓜丝,一定很好吃!

但孩子很快就失望了,因为孩子不可能回去告诉母亲说中午吃黄瓜丝捞面条,学校距家远着呢,再说了,母亲现在也不一定在家。

孩子一上午都在想这个问题,孩子越想越认为大米饭不好吃,可今天母亲做的是大米饭,是他告诉母亲要吃大米饭的。

孩子记得他开始的时候是说想吃捞面条的,可就在那一瞬间,孩子想起来昨天中午吃饭的情景来了,因为昨天中午回到家里他想吃大米饭,但母亲听了他早上的话,做了捞面条,因为早上母亲问他的时候,他确实是想吃捞面条啊,谁知道到了中午又不想吃了。于是今天母亲再问他的时候,就改变了主意。

母亲下班回到家里,赶紧去烧饭,去蒸米的时候,才发现大米吃完了,母亲没时间去买,就心想做捞面条吧,但母亲想起来孩子昨天端着饭不想吃的情景来,母亲想了一会儿,干脆不做大米饭也不做捞面条了……

孩子中午放学回到家里,母亲把一盘金黄酥软的菜煎饼端上来的时候,孩子看得只淌口水。

孩子二话不说,狼吞虎咽地吃了起来,母亲高兴地在一边一个劲地说,孩子,慢点吃,慢点吃。

母亲在下一次孩子去上学的早上,破例没有问孩子中午想吃什么,不是那一个早上没有问,而是从此以后一直没有再问过。

李小天孝父

娘在整理李小天的包的时候,发现了两瓶酒,就喊老头子过来,说儿子给你买酒了。爹高高兴兴地跑了过来,一看,是两瓶茅台。爹不知道这两瓶茅台的具体价格,就知道茅台是好酒。就在这时候,李小天上茅厕回来了,爹张口就埋怨儿子瞎花钱,给他买这么贵的酒。李小天一看这情形,心里不由得连连叫苦,这可是自己花了一个月的工资,买了准备送给单位的方厂长的,下班的时候去方厂长家,谁知道方厂长家没人。正好是周末,就把两瓶茅台塞进包里提了回来,现在爹娘误认为这两瓶茅台是给他们买的,这可怎么办才好?总不能说是拿去送领导的,扫了爹娘的兴吧?可如果不跟厂长联络联络感情,这次厂里裁员自己就有可能被裁下来。

没办法，李小天干脆豁出去了，说，这酒就是买给爹的，爹，您也尝尝这好酒是啥滋味。

爹摩挲着茅台酒精美的包装，嘿嘿直乐。

爹问李小天：这酒老贵吧？

李小天说：不贵，三十多一瓶。

爹和娘一听，直吸凉气：乖乖，这得粜多少粮食啊？

李小天在心里想，幸亏我没有实话实说，如果爹娘知道这一瓶茅台要三百多，那还不吓坐地上！

爹娘生自己，又把自己养到二十几，供自己上大学费了多大的气力，可自己给爹娘买过啥好东西？现在在那个破工厂上班，挣那么几百元钱，还要看这个的眼色，那个的脸色，奶奶的！今天这好酒就让我和爹品尝品尝吧！大不了自己下岗，去菜市场也整个菜摊子！

李小天想到这里，刺啦就撕开了包装盒。娘想去阻拦都没赶上，娘说，哎呀，这么好的酒，就别让你爹糟蹋了！

李小天说，娘，您这说的是啥话？您给我爹炒个鸡蛋，我陪爹喝两盅！

娘不去，爹说，去吧老婆子，难得咱儿子有这个心，今儿个你也美两盅！

娘把炒鸡蛋端了上来，李小天郑重地给爹斟满面前的酒杯，先敬了爹一杯。爹叽溜喝了一小口，咂吧着嘴，说，这酒就是好喝，比两元钱一斤的皮壶大曲强多了！娘听了爹的话，直拿手指戳爹的胳膊。

李小天听了爹的话，眼睛发涩，一仰脖子，就干了自己杯里的酒。

李小天不停地给爹敬酒，爹也不推辞，一瓶茅台很快就见底儿了。李小天又拆开了第二瓶。娘心疼得直咂嘴巴。

爹带点醉意地对李小天说，这酒我老头子是越喝越想喝，可这么贵的酒，可不能喝上瘾啊！

李小天慷慨地说，没事，爹，以后儿子买给你喝！

爹听了儿子的话,盯着他看了很久,突然问他,你当官了?

李小天摇摇头。

爹又问他,你摸彩票,中奖了?

李小天还是摇头。

爹没再说话,李小天也没再说话。

晚上,李小天就睡在爹的隔壁,李小天心烦意乱,睡不着,都后半夜了,他听见爹和娘还在小声嘀咕着什么。

第二天吃过早饭,爹就张罗着要枭小麦。李小天问爹有啥事情?爹说没啥事情,枭了省得老鼠糟蹋。

小麦全枭了,整整换来了一千元钱。

星期日下午李小天要回去的时候,爹执意要把那一千元钱让李小天带走。李小天不明白爹是怎么了,就对爹说,爹,我用不着,再说,我工作好好的,有钱花的。

爹说,孩子,拿去吧,你一定遇到啥事了,要不,咋舍得买三十多元钱一瓶的好酒?你没听人家都说"喝好酒的不买,买好酒的不喝",你买这么好的酒,一定是送人办事儿的吧?在陪爹喝酒的时候,爹就都看出来了,难为你了孩子。这一千元钱照这样的酒咱买一箱送去,前途最重要,别心疼这俩小钱,把事情办成才成啊!

爹!李小天哽咽着喊了一声。

爹一辈子刚正不阿,做人光明磊落,他最痛恨送礼开后门等社会上这些不良的风气,可今天为了儿子,他老人家却要违背自己一生所遵循的原则!

李小天接过爹手里的一千元钱,头也不回地踏上了回城的客车。

回去后,李小天没再去上班,他辞职了,他不想为了自己所谓的前途毁了爹一辈子做人的原则。李小天在蔬菜批发市场盘了个摊位,做起了蔬菜批发生意,他要凭自己的努力,让爹一直都可以喝上茅台酒!他还

亲如雪

要告诉爹,"喝好酒的不买,买好酒的不喝"这句话要改改了,以后咱买的好酒,就是要自己喝的!

爱你,就用右手牵着你

自从爸爸出了车祸去世以后,妈妈总是把自己关在卧室里,悄悄落泪,龙龙再也没见妈妈笑过。

龙龙知道妈妈不开心,龙龙也很不开心。

有个刘叔叔经常来看妈妈,刘叔叔每次来,都会给龙龙带好多好吃的好玩的来,龙龙却一点也不高兴。

那次,那个刘叔叔又来看妈妈了,龙龙听见刘叔叔对妈妈说:"我会对龙龙好的。"妈妈说:"你现在对他好,你能保证以后一直把龙龙当亲生的那样对他好吗?"刘叔叔肯定地说:"我能!你还不了解我吗?"妈妈沉默了一会儿,说:"可龙龙这孩子……你先回去吧,我再好好想想。"

刘叔叔走的时候,龙龙去送刘叔叔,刘叔叔问龙龙:"龙龙,如果让你搬过去和刘叔叔一块住,你愿意吗?"

龙龙说:"妈妈高兴,我就愿意,妈妈愿意,我就愿意。"

刘叔叔爱怜地摸了摸龙龙的头,对龙龙微笑着点点头:"说,乖孩子,好好听妈妈的话。"

龙龙送走了刘叔叔,龙龙去卧室看妈妈。龙龙问妈妈:"妈妈,那个刘叔叔惹你不高兴了吗？"妈妈说没有。龙龙问："那妈妈怎么不高兴啊？"妈妈说："妈妈没有不高兴啊。"龙龙说："那妈妈陪龙龙去逛超市吧，我们好久都没有出去过了。"

妈妈和龙龙去逛超市，龙龙选了好多好吃的东西，有妈妈喜欢的，也有自己喜欢的。

付过了钱，东西整整装了两大手提袋，妈妈要拎，龙龙不让，龙龙说："龙龙是男子汉，让龙龙拎吧。"

龙龙把两个手提袋都拎在左手里，为了拎起来，小身子却往右边弯成了虾米。

妈妈说："你怎么不一只手拎一个，那样，就轻便多了。"龙龙对妈妈羞怯地一笑，说："我右手还有别的用呢。"妈妈说："那妈妈帮你拎一个吧。"龙龙一只手真的拎不动两个手提袋，没办法，只得让妈妈拎一只。

龙龙对妈妈说："妈妈，你要右手拎着。""为什么？"妈妈不解地问。龙龙神秘地说："因为一会儿你的左手还有用呢。"

出了超市，龙龙用空着的右手牵着妈妈的左手。妈妈想换一下和龙龙的位置，妈妈说小孩子应该走里面。龙龙说我是男人，男人就是应该用右手牵他爱的人的，爸爸说的。

妈妈听了龙龙的话，身心不由一颤。是啊，以前，龙龙的爸爸还在的时候，总是他右手牵着龙龙，龙龙的右手又牵着妈妈，那是多么温馨美好的一幅画啊！

妈妈想着想着，眼睛就慢慢泛上了潮水。

"妈妈，你哭了？龙龙惹你生气了？"龙龙仰着小脸紧张地问妈妈。

"没有，妈妈是高兴，因为龙龙懂事了，是一个男子汉了。"妈妈笑中带泪，妈妈又说："可龙龙还小走在左边危险的。"

龙龙突然指着前方对妈妈说："妈妈你看，是刘叔叔，如果让刘叔叔

亲如雪

过我左边,用他的右手牵着龙龙,妈妈就不用担心龙龙了。"龙龙说完,兴高采烈地喊着,"刘叔叔!刘叔叔!我们在这里呢……"

狗　　熊

小宝还没初中毕业,就不想上学了,急得娘跟啥似的。

那天,娘说小宝你跟娘去地里拔草吧。娘领着小宝出了门,来到大街上,大街十字有几个闲得没事的妇女在唠嗑。娘走到跟前,看见老李家粉刷一新的白墙上赫然写着两个大字,娘没事找事地大声说:"谁缺德,在老李家的墙上乱涂'狗能'。"

几个正唠嗑的妇女听了,看看墙上的字,再瞅瞅小宝娘,"哄"一下子就笑翻了,你一言我一句地说:"啥狗能?还句能呢!"

"是狗儿子。"

"都不是,是狗剩吧?"

"哈哈……"

狗剩是小宝爹的小名,娘的脸一阵红一阵白。

小宝气呼呼地拉起娘往回走。

回到了家里,小宝埋怨娘说:"不识字就别乱念,丢人现眼!那几个'长舌头'还不晒你十年二十年!"

娘后悔不迭地说:"我今天做了狗熊,还不是书读得少给整的?"

小宝没有接声儿。

娘说："你要不想也跟娘这样当'狗熊'，就好好读书，娘砸锅卖铁也供你！"

小宝进了里间，娘一会儿去看他，见小宝正在整理课本。

一晃八年过去了，小宝也毕业了，参加了工作。那年回家过年，小宝去给老李叔拜年，老李叔用力地拍着小宝的肩膀说："你娘用心良苦啊！"

小宝听不懂，问老李叔怎么说。

老李叔说："当年我家墙上的'狗熊'就是你娘写的，恰巧被我看到了，我不知道你娘干嘛要这样做，但我知道你娘是个善良的人，不会无缘无故糟践我粉刷一新的院墙，我就没声张，后来果然如我所料，只是苦了你娘这些年一见我就难为情，她心里压着'罪'啊！"

小宝听了，眼里湿湿的……

亲如雪

第四辑

阳光洒满你脸庞

半 碗 饭

单身母亲带着女儿生活,日子过得艰辛、困苦。这个母亲为了可以让女儿生活得好一点,就痛下决心,准备把女儿送人。

那天,一个太太过来接女儿,小小的女儿有所觉察,就在那位太太抱住女儿、要迈出门槛得一瞬,女儿突然又哭又闹,挣脱那位太太的怀抱,哭着抱住母亲的双腿,说:"妈妈,别把我送人!妈妈别把我送人!我要和妈妈在一起!"

母亲听着不谙世事的女儿这么一哭诉,压抑着的所有悲哀与痛苦破闸而出,母亲哭着说:"孩子,跟这个阿姨走吧,她会对你好的,她会给你买许多好吃的、好玩的,你再也不用跟着妈妈受委屈了!"

那位太太一边拉着女儿,也一边附和着说:"是啊,我会给你买漂亮的衣服,漂亮的玩具!"

女儿甩开那位太太的手,大声说:"不!不!不!"

那位太太不肯放弃,继续诱引着女儿说:"乖,跟我走,你要什么,我都能给你,你跟着你的妈妈,你的妈妈能给你什么?你妈妈什么也给不了你!"

女儿哽咽着说:"妈妈可以给我半碗饭!能和妈妈在一起,我什么都不要,我只要妈妈的半碗饭!"

妈妈闻言,一把把女儿紧抱在怀中,泣不成声地说:"傻孩子……"

在 路 上

周末,去朋友家取东西,外面风夹雪,天异常的寒冷。

朋友拿出了一瓶二锅头,说这么冷的天气,喝两口驱驱寒。朋友刚刚启开酒瓶盖,电话响了,是朋友的父亲,父亲在电话里头说朋友的母亲今天包羊肉馅饺子,要朋友和妻子一起过去。

朋友住市里,父母住在城乡结合部,距朋友住的地方有十里地。

我要起身告辞,朋友和他的妻子双双挽留,说不碍事,非要坐会儿说说话。

大概有半小时,电话又响了,还是朋友的父亲,问他出门了没有,说是天气寒冷,路上又滑,叮嘱朋友不要骑摩托车,让打车过去。朋友嫌烦,为了不让父亲再打电话,谎说已经出去了,现在正在路上呢,一会儿就到。

我又要起身告辞,朋友看了下墙上的挂钟,不到十点,依然不放行,说没关系,人老了都这样,啰唆,都三十多岁的人了,又不是小孩子,有那个必要吗?

一刻钟之后,我谎称还有事,刚起身,电话再次响起,还是朋友的父亲,朋友没说两句,突然惊讶地问父亲:爸,你怎么啦?你的声音怎么哆嗦成这样?

原来朋友的父亲第二次打完电话,听说儿子已经出去了,担心儿子骑摩托车,就站在风雪交加的大街上,向儿子回去的方向眺望,要尽快看到儿子媳妇儿平安回家的身影。

朋友挂了电话,我看到他眼里雾蒙蒙的。

临出门的时候,朋友忙着去拿摩托车钥匙,朋友的妻子说:今天我们打的过去,多花几元钱,免得回来时父亲再不放心!

目送朋友两口子乘车而去,我猛然回首,透过层层冰凉而纯洁的雪花,仿佛依稀,看到自己的父亲正站在老家的门口,身体随着飘摇的风雪,颤巍巍地向我居住的城市眺望……

风中的拐杖

在兄妹几个中,我排行最小,在父亲眼里我就永远是个孩子,一个长不大的孩子,即便我已是为人夫为人父了,父亲还是会经常担心我照顾不好自己。

我自己做生意,每天都要开车出去,而且每天都要晚上八九点才能回来,父亲就不放心我开车,临出门总是叮咛又叮咛,嘱咐又嘱咐。妻子烦父亲瞎操心,说我们都老大不小了,知道事儿该怎么办,您就少操点心吧,我们都不傻。妻子对父亲的不耐烦全写在脸上,我也烦,但我从来什么也不说,我心里知道父亲是为我好。

父亲前年患了偏瘫,每天就拄着拐杖一跛一跛的,走路特别不方便,即便父亲轮到了住在村东头的大哥家,也要每天照例穿过整个村子,在我们出门之前,过来叮咛嘱咐一番,雷打不动。

去年冬天,一次晚上从外面回来,路过岳母家,按惯例我和妻拐了个弯,去吃顿现成饭。那天的风"呼呼"地号叫着,卷裹着土沙,仿佛要把黑夜撕裂似的;风刮得特别大,有六七级的样子,冷得出奇,妻子一下车,就打了个趔趄,差些没被风吹倒。我一个劲地骂这鬼天气。在岳母家吃过饭,我们要回去的时候已经是夜里九点半了,妻子冻得受不了,还特意穿了岳母的棉大衣。

车刚驶进村子,我远远地就看见车灯的光晕里,有一个身影一晃一晃的,在大风卷起的沙尘里艰难笨拙地挪动着,我见了,心里一咯噔。到了门口,那个身影果然是父亲,冻得直哆嗦的父亲在车窗口颤着声问了一句,回来了?没等我们说话,就转身朝东头大哥家蹒跚而去,支撑着有点倾斜的父亲的拐杖也哆嗦不已。妻子哎呀一声,没再说话。我的心被揪在了一起,鼻子发酸,有泪在眼里打转。我没有熄车大灯,让这束并不特别明亮、温暖的光线铺在父亲蹒跚的脚下,我赶紧下车奔去搀住父亲,我心疼地埋怨父亲,你不知道每逢这个日子,我们就要拐弯,你还等干啥?车灯的光线在肆虐的狂风中影影绰绰,我仿佛感觉到父亲就是一支忽明忽暗的蜡烛,已经将要燃尽,曾经刚强挺拔不屈不挠的父亲,什么时候被时间侵蚀得这么弱不禁风?父亲不要我送,他说自己没事,要我赶紧把车开进院子,风大,把门关好,早早歇着。

父亲只要看到他不放心的儿子平安回来就满足了,可是父亲的病是最怕这种鬼天气的呀!

那个晚上,妻子没有再喊冷,脸儿一直红扑扑的,我也是,整个冬天我都觉得很暖和,即便天气再恶劣。

只要一想起父亲风中哆嗦不已的拐杖,我浑身就充满了力量,那是一种爱的力量,让我在任何挫折与磨难面前都不会认输的力量,我坚信父亲那根风中的拐杖可以激励着我走出所有困境!它也不仅仅温暖我这个冬天,将会温暖我整个一生!

五一回家

下午,我问同事:"五一准备去哪里玩?"

同事说:"今年不准备出去玩了,去我妈那里住两天,然后再去岳母家住一天。"

我听了,说:"这主意不错,这样可以多陪陪老人。"

同事微微一笑,走了。

回到家里,我把同事的假期安排跟妻子说了,妻子听后,问我:"你是不是也想这样做?"

我说:"那当然。平常太忙,假期能到老人家小住,陪陪老人,不好吗?"

吃过晚饭,我正在看电视,妻子在卧室接电话。妻子说:"我们五一不准备出去玩了,物价贼贵……什么,你们也准备去老人家小住?呵呵,不约而同,看来今年五一流行回家……什么?是你同事教你的?对啊,这样可以省下不少钱……最重要的是什么?自己可以不用一天三顿做饭了,可以过个名副其实的'劳动节'……"

我听了妻子和朋友的对话,想到母亲一劳累过度就腰疼胳膊疼的,心里如同打翻了五味瓶……

正在这个时候,父亲也打来了电话,问我:"五一有什么安排?"我问父亲:"有什么事情吗?"父亲说:"刚才你二弟打来电话,说今年五一不出去了,小三口准备回来小住两天,你妈高兴得不得了,我和你妈寻思着你们如果也能回来,我们一大家子可就团聚了!你妈前不久包的变蛋就可以派上用场了。"

我听了父亲的话,鼻尖一酸,肯定地对父亲说:"回去!五一我们都回去!"

挂了父亲的电话,我又跟二弟打电话,我说:"二弟,五一回去,我们兄弟俩轮流请父母下馆子,让咱爹娘也过个名副其实的'劳动节'!"

二弟有些激动地说:"哥,我们这次终于想到一块了!"

一 树 柿 子

六婶家院子里长了一棵柿子树,每年到了柿子成熟的时候,六婶就把柿子分给住在左右前后的邻居一些。

年年如此,许多邻居的孩子都是吃着六婶家的柿子长大的。

六婶的儿子小广去年冬天结了婚,小广的媳妇能说会道,年纪轻轻的,私心重。

今年的柿子又熟了，六婶拿出了放了一年的卸柿子的专用工具——一根长竹竿，顶端加了用铁丝箍的圈，铁圈上缝了一只布袋子。

你别看这工具粗糙，但它特好使，六婶年年用它，每年高大的柿子树上都卸得一个不剩，而且那么多的柿子不会摔烂一个，最主要的还有一点就是不用人上树上，安全。

六婶扬着头，小心翼翼地一边卸着柿子，一边絮叨说，今年刮了两场大风，都叫甩掉了，柿子少收一大半，给这些老邻居也分不了几个啊。

在院子里洗衣服的儿媳妇听见了婆婆的话，问婆婆，妈，您说啥？给谁分柿子？

六婶停下来，活动活动一直仰着、有些酸痛的脖子，高兴地说，给这么多年的老邻居啊，是啊，年年给这些老邻居们送一些，他们都夸咱家的柿子甜呢！

儿媳妇心想，这么好吃的柿子，凭什么分给他们啊？

心里这样想，但嘴上不能这么说，儿媳妇机灵，眼珠子一转，说，妈，不是我说您，这啥不好分，非得分柿子？

六婶一听，忙问，咋了？有啥不妥？

儿媳妇说，您这么大年纪了，没听人家说分柿分柿就是分寿啊！折您的寿，不吉利！他们图便宜，啥也不说了。

六婶哈哈一笑，说那都是迷信，我才不信。

儿媳妇说，不由您不信，咱可说好啊妈，我和小广还指望您给带孩子呢。您想早清净，我可不依！

六婶没往心里去，笑着说，只要你们不嫌我，我一直活，哈哈哈。

六婶整整仰了一上午的脖子，终于把一树稀稀拉拉的柿子卸完了。

六婶心想吃了晌午饭就给老邻居送，好让他们早早地尝尝鲜。

六婶刚撂下饭碗，亲家母就进门了，六婶赶紧招呼她吃饭。亲家母说吃过了，亲家母说人老了，嘴馋，听闺女说您家的柿子熟了，赶紧跑来

亲如雪

尝鲜来了。

六婶说,就说下午叫小广给您送呢。

儿媳妇知道婆婆的心事,就对她妈说,妈,您还急走,就赶紧弄些走吧,别耽误了正事。

小广媳妇给她妈用一只小食品袋子,就往里放了十来个。

六婶嫌儿媳妇不会办事,说:儿媳妇,咋不拿个篮子拾?那食品袋能装几个?六婶说着就去找篮子。

小广媳妇给她妈递眼色,她妈就从口袋里掏出五元钱,要给六婶。六婶说:亲家母您这是干啥?您看您?

六婶坚决不接。

亲家母说,这柿子不比别的东西,不能白吃的,我可不叫折了亲家的寿!

六婶想儿媳妇肯定在电话里给亲家说了她给邻居分柿子的事了,就说,俺家的人也不喜欢吃这东西,就给邻居送些,再不好,咱也不能要钱的,自己家树上结的,不值钱的,要钱就薄气了。

儿媳妇听婆婆此言一出,就说,是啊,家里的人都不喜欢吃,妈,您不是最喜欢吃柿子了,要不您就都拿走吧。说着,就去找了蛇皮袋子,把两大篮子的柿子都倒了进去。把个六婶看傻了眼。

亲家执意留下五元钱,说,咱都是自己人,得往好里来,收下吧,你也别难为情啊,啊,亲家!

送走了亲家,六婶心里不是味,就想到外头走走,出门,就碰见了对门的大旺。大旺说,六婶,柿子都卸了,咋也不叫我帮忙?

六婶像做了贼似的,想到今年没有柿子给大旺的孩子吃了,脸就烧得厉害,六婶低声说,今年的柿子少,就没麻烦你。

六婶想还是别出去了,再碰见人问,该咋说?

六婶迈着沉沉的步子,就又回屋了,六婶心里闷得慌,就去里间躺了。

六婶一躺,几天就没起来。六婶病了。

那次,儿子小广去里间看六婶,小广说,妈,你看,您媳妇说柿子不能分,你还不信,以后可不要再给他们分了啊,您这不病倒了。

六婶看着榆木疙瘩似的儿子,长长地叹了口气。

一个人的生意

天越来越冷了,晓雪每天早上要起大早去上班,路上冻得直哆嗦。

半路上吃两元钱的香酱饼,喝一杯热豆浆能驱赶不少寒意。卖饼的是一对乡下来的夫妻,四十多岁的样子。晓雪对那男人说,来两元钱饼,一杯豆浆。

男人麻利地切饼,称饼,找零钱。正在擀饼的女人朝晓雪友善地微笑。

那天早上,凉气似乎更重了些,晓雪出了门,又折回来,拿了一条自己不用的毛线围脖。晓雪像往常一样,要了两元钱饼和一杯豆浆,付了钱,晓雪拿出那条毛线围脖,对擀饼的女人说,嫂子,把这个围上吧,暖和些。

擀饼的女人愣了一下,这、这……

晓雪真诚地说,我已经洗干净了,扔了可惜,如果您不嫌弃的话。

女人赶紧接了,当着晓雪的面,把毛线围脖扎在脖子上。

男人见了,不好意思地搓着手,为刚才收晓雪的三元钱。

第四辑 阳光洒满你脸庞

第二天，女人扎着晓雪送的毛线围脖，对晓雪感激地说，真暖和。男人怎么也不收晓雪的钱，晓雪说，如果您不要钱，我就不来你们这边买了。

那天晓雪刚刚进办公室没多久，小刘就顶着一身凉气冲了进来，连声抱怨，两家卖早点的不出摊儿了，卖香酱饼的怎么也连续几天不出摊儿了，这大冷的天，还叫不叫人活了！

小刘和晓雪同路，晓雪听了小刘的话，颇感惊讶，怎么会呢，我天天买香酱饼啊。

小刘说，你见鬼了吧，已经连续好几天都没有得买了。

一次，晓雪买了饼，赶时间，在拐弯处无意中回头一看，那对夫妻推着小摊儿车，急急而去。

晓雪为了搞明白其中的缘由，那天就约了小刘，她在前面买，小刘紧随其后，向他们夫妻打探。

小刘打探来的结果，令晓雪的心情久久难以平静。

原来天气冷了，又是在没有遮拦的大街上，做成的饼就冷得特别快，用泡沫箱小棉被保温，饼就会由脆变软，口感会变得特别差。城里人嘴刁，冷了不要，不是那个味儿了也不行。有一次一个女人还来找了后账，说吃了冷饼肚疼了半天，要他们赔损失。他们夫妻就准备早上不做了，也好陪陪三岁的女儿，早上出摊儿，把三岁的女儿一个人锁在出租屋确实不安全。就是因为晓雪的一条旧毛线围脖，让他们夫妻改变了决定，每天早上在固定的时间，就做一张饼，卖给晓雪……

第二天，晓雪再来到饼摊儿前的时候，故意轻松地说：哎呀，明天就吃不到大哥嫂子做得这么好吃的香酱饼了。

女人急问，怎么啦？

晓雪说，今天晚上的火车，去外地工作了，可能明年春天才能回来。

卖饼的夫妻同时"哦"了一声，男人执意把剩下的半张饼全部给晓雪装了起来,说是送晓雪的,权当是为晓雪送行,留个念想。

　　早上再过他们夫妻摆摊的地方,果然没有了他们的踪影。虽然下半个冬天的早晨,路上没有了浓郁香脆的香酱饼和香甜的热豆浆驱寒暖胃了,但晓雪的身心却有一股从来没有过的温暖与感动。

点　歌

　　刘大妈的儿子在县城上班。刘大妈生日那天,刘大妈的儿子一下子点播了十首歌,这让县电视台整个中午段和晚上都是主持人给刘大妈祝寿的声音,把个不大的村子搞得沸沸扬扬。一村人都知道刘大妈的儿子孝顺,见刘大妈就说,把个刘大妈高兴得笑成了弥勒佛。

　　二子的母亲后天也要过生日了,二子跟媳妇商量:"咱娘也要生日了,咱是不是也点首歌?"二子媳妇听了,肯定地说:"点。找你娘问问,她捡的破烂卖了没有?"二子一听,怪作难,说:"娘不是卖破烂的钱都给你了?要不算了,别点了。"二子媳妇一听,就恼了:"咋?不点?人家都点咱不点,村人该说咱不孝顺了。"二子没法,说:"咱就出五十,点一首就行。"二子媳妇斩钉截铁地说:"不行!自个儿出十元也不中!你不去问,我去。"二子媳妇说完,就去找婆婆了。

　　二子娘正在院子里整理捡来的破烂,二子媳妇听见大街有吆喝收破烂,二子媳妇就去把收破烂的喊来,二子娘阻止说:"后屯的老赵说等些

天塑料要涨价,再等两天再卖吧。"二子媳妇说:"老赵说的,他就怎能?他知道?"说着,不管三七二十一,就张罗着把破烂都卖了……

那天,二子娘正在村头的垃圾堆上刨值钱的破烂,大顺过来了,说:"大娘,都晌午了你咋还在这里捡破烂,今天是您的生日,也不知道歇一天。"二子娘怔了怔,想,连自己都忘了今天是自己的生日,大顺咋知道的?二子娘疑惑地问大顺:"你咋知道今儿是我生日?"大顺说:"二子哥和嫂子都在电视上给您点歌了,咱村人都知道呢!都说他们孝顺呢。"

二子娘进了院子,二子媳妇就叫了起来:"咋这么早就回来了?刚给你身上扔一百元钱,也不知道多干会儿赶过来。"

二子娘听了媳妇的话,心里揪了一下,啥也没说,眼眶湿湿的,转身就又出去了。

晚上,电视里正播着二子和他媳妇给娘点的歌曲,大顺就进来了。二子和媳妇热情地招呼大顺坐下,大顺说:"咱村人都说你们两口子孝顺呢,花一百元给大娘点两首歌。"二子媳妇笑着说:"老人们忙活了一辈子了,咱做儿子媳妇的应该的。"大顺指着电视里女歌星唱的《白发亲娘》,说:"二子哥真会选歌,这歌真好听,大娘咋不来看给她点的歌?"二子高兴地说:"您大娘歇去了。"这时候,二子说媳妇:"这糊涂面条太稠,你给我倒点水。"大顺看着二子碗里稠稠的糊涂面条说:"这么干的天,下午还吃咸饭?"二子顺口说:"晌午剩的。"大顺吃惊地问:"今天不是大娘生日,怎么吃糊涂面条?"二子媳妇听了,赶紧接话说:"你二子哥不愿吃那些油腻东西,单给他做的。"二子红着脸不住地点头,一个劲往嘴里扒拉着饭,噎得二子不住地伸脖子。

二子媳妇问大顺:"大顺兄弟有事?"大顺说:"大后天我妈也过生日,我来问问二子哥点歌的事……"二子一听,把手里的碗一推,饭也不吃了,就给大顺讲起去电视台点歌的事情来了。

到了大顺妈生日的那天,二子媳妇跟二子说:"电视里咋没播大顺给他妈点的歌？"二子说不会吧？二子中午错过了播出时间,晚上就抱着电视等,所有的节目都结束了,也没听见大顺给他妈点的歌。

　　第二天,二子专门在路口等大顺。二子看见大顺就惋惜地说:"大顺,你咋聪明一世糊涂一时呢？为了省下区区一百元钱,值不值？"大顺听了,不明白地问:"二子哥,你说啥呢？我咋听不明白呢？"二子说:"大婶生日,你咋不点歌？"大顺恍然大悟,笑呵呵地说:"哦,我是这么想的,点歌吧,花再多钱,那都是虚的,不顶用；我把省下的钱给我妈,让她饥了买块面包,渴了买听雪糕,那不比啥强！"大顺说完,径自走了。

　　二子听了,身子一震。回去的时候,反复琢磨着大顺的话。二子在村头碰见了娘,二子把身上仅有的五元买烟的钱塞给了娘,腰直了直,并夺过娘手里专制的铁耙子,扔了老远,对娘说:"娘,以后别捡这破烂了,早点回去吧……"

阳光洒满你脸庞

　　梁大琪大学毕业以后,在父母的资助下,在市里买了房子,一个新开发的小区,六楼。

　　上班下班的时候,遇到住在楼下的邻居们,想要打个招呼,人家却连看他一眼都不看,让梁大琪到嘴边的问候又咽了回去。

　　梁大琪回老家,母亲准备了一大箱子时令蔬菜,要梁大琪回去的时

候捎走，梁大琪说哪能吃那么多，母亲说吃不了可以分给邻居一些啊，常言说得好，远水不解近渴，远亲不如近邻。在一座楼里住着，跟住一个屋檐下没什么区别，那就好比是一家人！这是自己家种出来的，他们在城里住久了的人稀罕这个。

梁大琪把一大箱子蔬菜搬到六楼，首先想给住对门的一些，敲开了门，对门的大姐问梁大琪什么事？梁大琪就把一袋子茄子和菠菜递了过去，说自己老家种的，住对门的大姐狐疑地盯着梁大琪，想从梁大琪的眼睛里看出有什么意图，把个梁大琪盯得是如芒在背，难受极了。住对门的大姐客气地说，不用了，我今天刚买了一堆的菜，吃不了就坏了。住对门的大姐说完就关了门，把个梁大琪弄得尴尬不已。

梁大琪跟自己赌气，就狠劲地吃那些蔬菜，最后，还是把大部分扔进了垃圾桶。

梁大琪再上班下班，在楼道里见了别人，也不再说话，而且面无表情。

母亲提出来梁大琪这边小住，梁大琪很高兴。母亲一到家里，就关心地问梁大琪上次的蔬菜送没送邻居吃，梁大琪为了不让母亲担心，就撒谎说送了，邻居们都夸自己家种的菜好吃呢。母亲看着梁大琪，笑着说，送了就好。

晚上，梁大琪把垃圾桶里的袋子都换了一遍，把垃圾打包放在门口，可第二天赶时间，垃圾忘了往下提，母亲出去溜达，就看见了门口的垃圾袋，便随手拎了。

在五楼，母亲看到五楼的垃圾也还放在门口，想都没想，也拎了起来，还有四楼的，三楼的。在二楼的时候，母亲刚刚拎起门口的垃圾袋，住二楼的一家房门开了，看了母亲一眼，没有说话，锁了门，又使劲拉了拉，确认已经锁好了，才疑惑地打量着梁大琪的母亲下楼。之后，母亲每天早上都义务帮整个楼层的住户扔垃圾，时间一长，一座楼里的十多家住户就都遇见过她往下拎垃圾。

那天,母亲对梁大琪说想跟他一起出去,到楼下转转,他们出门就碰到了住对门的大姐也出门上班,母亲对那大姐说上班啊,住对门的大姐朝梁大琪的母亲微笑点头问好。

连续几天,母亲都要和梁大琪一起出门,梁大琪拉着母亲的手下楼的时候,和一座楼里的住户几乎见了个遍,而且母亲跟他们打招呼的时候,对方都也很友好地跟母亲问好,还有的主动跟母亲打招呼。

母亲对梁大琪说,人心都是肉长的,你拿出热心和真诚,就能得到同样的回报,好好和邻居们处着,记住,远亲不如近邻。

后来,梁大琪见了邻居,主动打招呼,都能得到热情的回馈,同样也有许多邻居主动和梁大琪打招呼,梁大琪的内心充满了感激,年轻的脸庞洒满了阳光。

一颗苹果核

妞妞最喜欢吃苹果了,妞妞每天都要吃一个又红又大的苹果。

可是,自从妞妞的爸爸不幸出车祸以后,不久妈妈也下岗了,家里就再没有吃不完的苹果了。

妞妞非常懂事,妞妞对妈妈说:"妈妈,以后我就不吃苹果了。"

妈妈问妞妞为什么,妞妞说:"妈妈没有工作了,苹果太贵了。"

妈妈心疼地摸着妞妞的头,对妞妞说:"妞妞最喜欢吃苹果,妈妈一

亲如雪

定每天给妞妞买苹果吃！"

妈妈果然每天给妞妞买苹果吃，但妞妞从没见过妈妈吃苹果，妞妞说："妈妈也吃一个苹果吧！"

妈妈一怔，笑着对妞妞说："妈妈已经吃过了。"妞妞不信，要把苹果切开，分给妈妈一半，妈妈佯装生气，妞妞不愿惹妈妈生气，就一个人把苹果吃了。

这天，妈妈一大早又给妞妞洗了一个又红又大的苹果，妞妞说："妈妈也吃一个！"妈妈说："妈妈吃过了。"妞妞不信，要把苹果分给妈妈，无奈，妈妈从桌子底下拿出一个苹果核给妞妞看，笑着说："妞妞信了吧，妞妞快吃吧！"

妞妞用奇怪的眼神看妈妈，妈妈慌忙躲开了。

妞妞照旧每天吃一个苹果，妞妞每次要求妈妈和她一块也吃一个苹果，而妈妈这时总是变戏法似的从桌子底下摸出一个苹果核来……

那天，妞妞吃完苹果，见妈妈正忙，偷偷把苹果核放进了口袋里。而妈妈刚才从桌子底下拿出的苹果核已被妞妞扔了。

第二天，妞妞又要妈妈跟她一块吃苹果，妈妈依然是和往日一样的借口，说着的时候并习惯地去桌子底下摸苹果核，但今天妈妈什么也没有摸出来。

妈妈看了看妞妞，掩饰着慌张，又往桌底深处摸去……

妞妞什么都明白了，妞妞忍着不让自己的眼泪流下来，她要替妈妈保守这个秘密！妞妞从口袋里掏出一颗苹果核，对妈妈说："妈妈，我和你开玩笑哩，我今天拿走了你的苹果核，我想知道妈妈有没有背着妞妞偷偷多吃一个苹果！"

妈妈见了，松了一口气，说："妞妞，你吓死妈妈了，要是今天妈妈不给你拿出一个苹果核来，妈妈真不知道该怎么证明妈妈已经吃过了。"

妈妈正待转身要走，突然想起了什么，说："吃完了苹果，苹果核别乱扔，放桌子上等妈妈收拾。"妈妈说完,又去干永远也干不完的活了。

妞妞终于失去了控制,泪水默默地往下流……

妞妞就着泪水艰难地吃着苹果,这个苹果妞妞吃了很久,妞妞想:如果这个苹果永远吃不完该有多好,妈妈就再也不用找借口了……

花　坟

春天,山坡上开满了紫色的蝴蝶花。

李小天每天下午放学,都要去山坡上采摘。回来的时候,总是满满一书包紫色的蝴蝶花。

父亲骂他,你一个男娃,整天摘什么蝴蝶花?再去摘什么花,耽误了学习,小心我打断你的腿!

李小天也不敢和父亲犟嘴,赶紧往嘴里扒拉点饭,去做作业了。

第二天早上,李小天又背着一书包蝴蝶花去上学。

那天,天空飘着毛毛雨,李小天照样去山坡上采摘蝴蝶花。回来的时候,天完全都黑透了。

父亲手握一根手指粗的荆条,气急败坏地站在门口,一看见背着一书包蝴蝶花回来的李小天,不问青红皂白,劈头盖脸就是一顿乱抽。

李小天扔掉了抱在怀里的课本,却牢牢地护着那一书包蝴蝶花。

父亲见此情景,更是来气,你个男娃,喜欢什么不好?偏偏喜欢什么

亲如雪

蝴蝶花,看我今天不打断你的腿,看你还摘蝴蝶花不摘?

李小天大声说,你打断我的腿,我也变成蝴蝶飞走!

李小天突然想起刘小霞的话来。

李小天突然哭了起来……

刘小霞从小患了小儿麻痹症,两条腿萎缩成跟两根筷子似的。她和李小天同桌,每天由她父亲背她上学,在学校的时候就由同学们照顾,放学的时候,她的父亲再去学校把她背回去。

一次,刘小霞望着学校对面山坡上整片的蝴蝶花,对李小天说:我如果是只蝴蝶多好,每天飞来学校上学,放学的时候再飞回去,爹就不用那么辛苦把我背到学校,再急忙忙回去做活儿了。

刘小霞说着的时候,眼睛黯淡了一下,又瞬间充满了憧憬。

李小天顺口说,你永远都变不成蝴蝶的,蝴蝶那么漂亮,你那么……

李小天虽然话没说完,但刘小霞已经落下了眼泪。

从此以后,刘小霞变得更郁郁寡欢了。

去年的春天,山坡上又开满了蝴蝶花。刘小霞的父亲把她背到学校要离开的时候,刘小霞对父亲说,爹,今天放学,你别来接我了,我的同学说可以送我回家。

放学的时候,同学们都要回家了,刘小霞却还待在教室里。同学问她,你爹怎么还不来接你?刘小霞说,今天爹忙,可能来迟了,你们先走吧。

当所有的同学都走完了,刘小霞用双手撑地,爬出了教室,向学校对面的山坡上爬去。对面的山坡上开满了紫色的蝴蝶花,风儿轻轻一吹,成千上万的蝴蝶翩翩起舞,漂亮极了。

刘小霞一点一点向对面的山坡上爬去,她双眼看着那片飞舞的紫蝴蝶,想象着自由、快乐、无拘无束的生活,兴奋得全身都颤抖起来。

刘小霞的额头沁满了细密的汗珠,她咬着牙,一点一点向山坡上挪着自己的身体。她离蝴蝶越来越近,越来越近……当她听见蝴蝶在她耳边低语、歌唱的时候,她真的变成了一只蝴蝶了。她"咯咯"地欢笑着,和蝴蝶说着话,伴蝴蝶唱着歌,她自由自在,无拘无束地飞了起来……

飞啊飞啊,飞啊飞啊……

她突然从山坡上滚了下来,她却没有恐惧,居然感到了无比的惬意……

她的头猛地撞在了一块石头上……

当刘小霞的父亲发现她的时候,她早已变成一只蝴蝶飞走了……

刘小霞被埋在了她家的房后,她爹说小霞不能走,他可以做小霞的腿。

李小天的父亲听完了他的哭诉,心揪疼揪疼。父亲抚摩着李小天的头,再轻轻抚摩满书包的蝴蝶花,像抚摩自己的孩子一样,眼里湿湿的。

第二天一早,父亲和李小天一起来到刘小霞家的房后,顺着地上一溜歪歪扭扭的小脚印望去,父亲看见成千上万朵蝴蝶花堆成的一座蝴蝶山……

亲如雪

第五辑

陌生的妈妈

我 很 重 要

他一直很自卑,因为他是一个蹬三轮车的。

他那天载了一个客人,他认识,是儿子的老师。

老师不认识他,老师问他:"到幸福胡同口得几元钱?"

他不敢对老师说他是她学生的爸爸,他怕儿子在学校里抬不起头来。他有些不好意思,红着脸,在喉咙里嗡嗡着说:"您看着给吧。"

到了幸福路口,老师下了车,给了他两元钱。两元钱不多也不少,这段距离就是这个价。他不要,他想,是儿子的老师坐车,不能要钱的,万一将来哪天认识了,多不好意思。

老师问他:"怎么?嫌少?"

他尴尬地说:"不是。"

老师就疑惑了:"那你为什么不要钱?"

他嘴拙,不会花言巧语,一急,就实话实说了:"我是亮亮的爸爸。"

老师听了,恍然大悟,"哦"了一声,上下打量他一番,执拗地说:"你就是亮亮的爸爸?你蹬车供亮亮上学,不容易,这钱,我必须得给你!"

老师说着,就把两元钱塞进他的手里,老师可能还有很重要的事情要办,慌忙走了。

现在老师知道了亮亮的爸爸是个蹬三轮车的,老师会怎样想?最不

亲如雪

该的是他还收了老师的两元车钱！他一直为这件事后悔,怕对儿子影响不好,就整天郁郁寡欢。

一次蹬车,他不小心崴了脚,在家休息,在家休息的那段时间,儿子每天放学都很晚才回来,他问儿子:"今天怎么回来这么晚？"

儿子说:"我在学校打扫卫生。"

"这些天你一直都在打扫卫生？"

儿子点点头。

他仿佛预感到了什么,有些伤感地问儿子:"你怎么连续打扫卫生？是老师要你做的吗？"

儿子不假思索地点点头。

他很生气,问儿子:"你在学校做错了什么？是不是老师在惩罚你,才让你天天打扫卫生的？"

儿子睁大了眼睛,迷惑地说:"没有啊,是老师喜欢我才让我做的。我每天都把黑板擦得最亮,老师在上面写字的时候,就非常清楚;我扫得地上连一片纸屑也找不到。"

儿子骄傲地说:"如果我不擦黑板,第二天老师就没法上课,爸爸,我是不是很重要啊？"

儿子以为他生气了,就小声说:"爸爸,我以前很自卑,同学们大多都是城里的,就算个别不是,人家的爸爸不是局长就是老板,我的爸爸却是一个蹬三轮车的！有次,老师让我们写作文《我的爸爸》,我在作文里说我没有爸爸……"儿子偷偷用眼角瞟瞟他,声音怯怯地说,"后来,老师叫我去她办公室,我去了,老师问我你真的没有爸爸？我不能骗老师,我就说我爸爸是蹬三轮车的,老师就摸着我的头说那你怎么在作文里说你没有爸爸？我说我怕同学们笑我,说我和爸爸一样……那天放学,老师就让我擦黑板……第二天,老师看着又黑又亮的黑板,第一次在全班同学面前表扬了我！"

儿子说完，眼睛变得亮亮的。

他听了儿子的话，眼睛有些湿润了，原来老师早就知道了他是蹬三轮车的，他对儿子说："是的，你很重要！我的儿子很重要！"

他再上街蹬三轮车的时候，儿子那双亮亮的眼睛一直在他心里闪着。

谢谢你们的礼物

四个女孩住在一间寝室。其中三个皮肤白皙细腻，身材苗条修长，都属于那种漂亮的女孩子，只有一个和她们几个恰恰相反，是一个很丑的女孩子。

漂亮的女孩子天生喜欢照镜子，有事没事就拿出来照照看头发乱了没有，妆弄花了没有，口红是不是被自己吃掉而不好看了。

三个漂亮的女孩子的镜子也一个比一个小巧精致，整天带在身上。

只有那个丑女孩没有镜子，不是她不喜欢照镜子，而是她不喜欢镜子里的自己。她厚厚的嘴唇涂上再名贵的口红都是一种浪费；细小的眼睛再怎么画，也变不成心灵的窗口。人家漂亮的女孩子照镜子是为了打扮自己，让自己更漂亮迷人；而她照镜子只会让自己伤心，自己的形象是那么的惨不忍睹！在寝室每当她们照镜子抹口红或者整理头发的时候，丑女孩就对着窗外发呆，想着自己的心事。

在丑女孩十八岁生日那天，同寝室的三个漂亮女孩子送给她一个包

亲如雪

装精美的礼物,诡异地笑着。平常她们对丑女孩并不友好,这次居然送礼物给丑女孩令丑女孩很感动,丑女孩狠狠心花了自己近一个月的生活费请她们去吃麦当劳。

丑女孩没有当着她们三个的面拆开礼物,而是在晚上她们都出去玩的时候悄悄地拆开的。在拆开甚至看到精美的包装盒里的礼物之前,她一直是微笑着的,心里充满了感激之情,她感觉到了友情的温暖与美好,而在今天收到礼物之前,友情对她来说是多么的遥远而模糊。

丑女孩终于看到了那份礼物,是一面镜子!丑女孩有些不敢相信自己的眼睛,她们三个明明知道自己从来不照镜子,为什么会送一面镜子给她呢?

丑女孩把镜子塞进被子里,想了很久很久,泪水顺着脸颊往下淌……

在三个漂亮女孩回来的时候,丑女孩已经睡下了,她们三个是轻手轻脚进来的,仿佛怕吵到她似的,以前她们可不是这样,她们就怕没把她吵醒。

第二天早上,丑女孩竟然拿着昨天她们送的镜子躲在角落里左照右照,还不停地整理着额前的头发……

那天,其中一个漂亮的女孩小洁要去约会,却怎么也找不到自己的镜子了,小洁向丑女孩借镜子用,丑女孩的脸刹那间就红了,丑女孩不借镜子给小结,小洁说着就过去夺丑女孩藏在身后的镜子,丑女孩没敢死护着,她担心镜子不小心掉在地上会被摔破,那可是她们送她的生日礼物啊!

小洁抢过镜子就去照,却一下子傻了眼,镜子正面居然粘了厚厚的一层止疼膏,什么也照不到……

小洁跟另外两个漂亮女孩说这一切的时候,丑女孩从外面回来了。三个漂亮女孩满面愧疚,她们刚要开口,丑女孩抢先说话了:"谢谢你们,我知道你们送我镜子是为了鼓励我要自信,我怕你们对我失望,所以我拿止疼膏粘住了镜子的正面,装模作样地照来照去,我想等我练习一段时间,我一定可以接受的!前两天小洁要借我的镜子,发现了镜子的秘密,对不起,请原谅我愧对了你们对我的一片苦心,但今天,我下了决心,把止疼膏撕去了,我害怕它会危害到我们的友情!我不能辜负了你们的好心啊!我今天试着照了一下镜子,才发现原来我比我想象的要漂亮得多,真的!"丑女孩拿出镜子,照了照,脸上盈满了幸福。丑女孩由衷地说,"谢谢你们,是你们的友情给了我美丽!"

三个漂亮的女孩听了丑女孩发自肺腑的表白,全怔在了那里。其实丑女孩就是一面最好的镜子,她让三个漂亮女孩把自己照得一清二楚,甚至,她们照到了自己有些丑陋的灵魂⋯⋯

丑女孩看了她们三人的表情,疑惑地问:"你们不相信吗?我真的很感激你们!感激你们的镜子!谢谢你们送我这么好的礼物,如果不是你们的礼物,我不知道什么时候才有勇气面对自己!"

三个漂亮的女孩突然抱住丑女孩,深感无地自容,愧疚地连声说:"我们相信,我们相信,你真的变漂亮了!真的!其实你一直都是最漂亮的!"

四个女孩久久地拥抱在一起,眼里都是亮晶晶的⋯⋯

骗　　子

亲如雪

他喜欢喝酒,但自从她一病卧床不起,他再也没有买过酒喝。

家里仅有的一点积蓄都送到了医院,他每天蹬三轮车载客的几十元收入也全部换成了药片。

错过了中午,他才匆匆忙忙赶了回来,赶紧拨开煤炉做饭。她看着顺着他粗糙黝黑的脸庞淌下的汗水,从枕头底下摸出一把零碎的纸币,数出了五元钱,对儿子说,去楼下的小卖铺给你爸爸买瓶酒。儿子接过她手里的零币,看着他,没动。

他说,我不喝了,下午还要出去载客呢。

她说,少喝点,这样解乏,你别光说挣钱,也要注意自己的身体啊。

他没再说什么,儿子便出去了。

她枕头底下的零钱是他每天给她的,是用来买油买盐买菜的。她没病的时候是理家的好手,他习惯去她手里拿钱买生活用品。

儿子把一瓶简装的白酒买回来了,他启了瓶盖,倒了一碟,送到鼻子底下嗅了嗅,"哧溜"吸了一小口,伸出舌头贪婪地舔了舔嘴唇,美美地咂吧几下嘴巴。

以后每隔两三天,她都要儿子去给他买酒。一晃儿子该上高中了,儿子却说什么也不肯再去读书了。

那天,他从外面回来,儿子把买来的白酒帮他启开,又给他炒了一盘胡萝卜丝。自从她生病卧床后,他喝酒从来没有过下酒菜。

他坐下,儿子过来说,爸,我陪你喝一杯吧。

他慌忙说,不行不行,你是学生,怎么能喝酒呢。

儿子说,我不上学了,我也去蹬三轮车,挣钱。我已经是男子汉了,我来养家。

他一听,仰起巴掌要打儿子,被她的目光挡住了,她说,儿子长大了,就让他陪你喝一杯吧,人活在世,这苦的辣的都该尝尝。

可是……没等他把一句话说完,儿子已经给自己倒了一碟,皱着眉头一口灌了下去,随即,便惊呼起来,这酒是假的,连一丁点辣味都没有!我要去找那个缺德的老板!儿子怎么也不会想到,这么多年来,对他一直和蔼可亲的小卖铺老板,居然会骗他!说着,就要往外跑,她喊住了儿子,说,我知道,孩子,你过来,听我说。

儿子满腹狐疑地站到她床前,她拉住儿子的手,让儿子坐下,对儿子说,还记得我生病以后第一次让你给你爸爸买酒的事情吗?儿子点点头。她接着说,就那一次以后,你爸爸一直喝着这样的白酒,那根本就不是什么假酒,它就是白开水,这都是你爸爸在白酒瓶里装好水送给小卖铺的老板的,因为这样,你爸爸才可以把那五元钱再要回来。儿子听了母亲的话,惊得目瞪口呆。为什么啊?她眼圈红红地说,因为这样,你爸爸才能让我安心养病,才能让你安心上学!不是吗?你看妈妈恢复得多好,你看你不是一直可以上到高中都没有因为交不起学费而辍学吗?因为你爸爸每天还能有酒喝,我们的生活依然充满希望!

她原来什么都知道!在再大困苦与磨难面前都没有掉过泪的他,此刻,他的鼻子一酸,大颗大颗的眼泪砸了下来。

儿子抽抽噎噎地看着他,再看看她,捡起被他撂在墙角的课本,抱在胸前,突然大声说,你们都是骗子!骗子!!

空 白 贺 卡

亲如雪

裴老师在教师节的前几天,就收到了她教的四个班二百多名学生的贺卡。今年的贺卡档次普遍提高了,都是些五元一张的卡通贺卡。裴老

师在去年就已经强调,以后过教师节不用再给老师送贺卡了,最起码她这里可以不送,学生们非但不听,反而又提高了一个档次,裴老师在心里嗔怪这些学生:怎么把老师的话当成耳旁风?

裴老师埋怨归埋怨,学生都已经买了,说什么都迟了。她望着办公桌上厚厚一摞漂亮的贺卡,裴老师顺手拿起一张。裴老师欣赏了一下里面的卡通小猪,笨笨的小猪讨人喜爱,裴老师疲惫的面孔上扬起发自内心的微笑,很温暖。裴老师看留言处,却发现连一句祝福、一个字也没写,一片空白,裴老师想这一定是四(3)班粗心的李大伟送的!裴老师无奈地摇摇头,顺口说:"丢三落四的李大伟,你什么时候才能有长进啊!"裴老师又拿起第二张贺卡,她直接去看留言,裴老师又发现留言处是一片空白,裴老师顺口说:"这张一定是四(2)班小马虎段飞送的。"裴老师拿起了第三张贺卡,裴老师一看就猜出来这张是四(1)班的班长吴小冉送的,因为吴小冉这几年来送的贺卡一直都是那种花花草草的,从来没有别的同学和她重过样,好像送这样的贺卡已成了吴小冉的专利。裴老师现在特别想看看这个三好学生会写出什么有创意的祝福,吴小冉一定不会也忘了写祝福的话。然而事实和裴老师想的恰恰相反,吴小冉的贺卡居然也没有写一个字,空白一片,连一个墨点都没有。裴老师看了非常生气,吴小冉这样品学兼优做事认真的三好学生也变马虎了?这些学生这么马虎,到考试的时候也都这样,那怎么得了?裴老师很生气,迅速地翻看那摞贺卡,居然全部是空白贺卡!裴老师彻底给弄糊涂了,太令人匪夷所思了,看来事情不是马虎粗心这么简单……

裴老师正在猜想种种可能,有人敲门。裴老师说请进。是在学校门口开礼品店的王老板,裴老师认识他。裴老师问王老板有什么事?王老板支支吾吾地说:"裴老师,我店里的贺卡脱销了,现在正是旺季,一时又进不来货,我知道你学生缘好,想来你这里收购贺卡,我可以给您比批发价还高的价格!"裴老师一听,感觉不对劲,问王老板:"贺卡这种东西收购回去也是废纸啊,还能卖?"王老板说,"能!能!你收的贺卡都是空白的,当然能卖!"裴老师吃惊地问:"你怎么知道我收的贺卡是空白的?"王老板自知说漏了嘴,一时语塞,裴老师断定这里面一定另有隐情,故意对礼品店的王老板说:"你不告诉我怎么回事,这贺卡我就不卖给你!"王老板眼看瞒不住了,一咬牙,说:"裴老师,我给你交了实底,你可得帮我瞒着点,否则,让那群学生知道了,我就惨了。"裴老师一听说和学生有关,慎重地想了想,终于点了点头。

礼品店的王老板开始徐徐道来……

那天,王老板正在自己的店里整理刚刚进货来的贺卡,就见几个学生进来了,一个带头的学生说:"老板,我们商量个事吧。"王老板对小顾客是很热情的,忙停下手中的活计,问他们什么事。那个带头的学生说:"我们全年级二百多名学生都来买你的贺卡,你能帮我们个忙吗?"王老板一听,开始还以为是来讨价还价的,心说现在的孩子都贼精,王老板就说:"好,我可以优惠,打八折!"谁知那学生说不要优惠,王老板疑惑地问:"那我能帮你们什么忙?"学生说:"去我们的裴老师那里再高价回收回来,我们可以重买走送别的老师,当然我们不在后面写任何字,以后我们还会经常来您这里买东西。"王老板不明白地问:"为什么要高价收回来?这样如果让外面的人知道了,我的生意就难做了。"学生们眼里噙着泪花说:"裴老师的爱人下岗了,她的女儿又在医院里做手术,裴老师非常作难,我们要是捐款,以裴老师的性格,肯定不会接受,于是我们就想……"王老板明白了,王老板对于裴老师爱学生如自己子女的事情早有耳闻,好人有好报啊!王老板很感动,多么懂事的孩子们啊!王老板很爽快地答应了……

裴老师听完礼品店王老板的讲述,心潮起伏,眼泪忍不住唰唰往下流,裴老师擦拭干眼角的热泪,对王老板抱歉地说:"对不起,这些空白的贺卡我不能卖给你!""为什么?"王老板有些不可思议。"因为那片

亲如雪

空白里包含了太多的情,太多的爱啊!你说,我能践踏这纯洁的情和爱吗?"裴老师轻轻抚摩着眼前高高的一摞贺卡,动情地说。王老板为难地说:"可……"裴老师打断王老板的话说:"你什么也别说了,我不会卖的,请回吧,但我会为你保守这个秘密。"裴老师说完,悄悄从抽屉里拿出早已拟写好、却迟迟没有递上去的辞职信,"哧哧啦啦"把它撕了个粉碎……

奇特的水果

小小和小朋友在一起玩的时候,看到别的小朋友吃着又红又大的苹果,嘴馋得不得了,就回去和妈妈要,小小的妈妈为难得只叹气。

小小的妈妈三年前就和丈夫离了婚,现在自己又下了岗,手里连买米买面的钱都没有,哪里有余钱给小小买两元一斤的苹果吃?

那天,小小妈妈在家里切从菜市场里买来的最廉价的水萝卜,看到萝卜心儿又白又净,忍不住就咬了一口,脆生生甜丝丝的嚼了一口水儿,味道真的不错,小小妈妈忍不住就又吃了几口。

过了两天,小小妈妈给小小一块四四方方的"水果",小小高兴地问妈妈:这是什么水果?妈妈没有回答,对小小和蔼地说:小小尝尝好吃不好吃。小小咬了一口,兴奋地对妈妈说:又甜又脆,真好吃!说着,就大口大口贪婪地吃了起来。小小一边吃一边问妈妈,妈妈,以后我能经常吃到这么好吃的水果吗？妈妈摸着小小的头，眼角有些湿润了，妈妈说，只要小小喜欢吃，妈妈就一直给你买。小小的妈妈说这些的时候，心里想一定要想办法，尽快让小小吃上真正的水果。

后来，小小就经常拿着妈妈给他的"水果"在小朋友面前吃，小朋友看小小吃着白白净净四四方方的"水果"，不知道是什么水果，羡慕得不得了，他们从来没有吃过这么白净、而且是四方形、这么奇特的水果，小朋友们就讨好小小说，让我尝尝你的方块水果吧。小小虽然舍不得，但善良的小小还是让小朋友尝了一小口。一次，一个小朋友在小小家玩，小朋友说阿姨我可以吃一块你给小小买的水果吗？可好吃了！小小的妈妈听了，有些尴尬，但又不好拒绝天真的孩子，就给了他一个方块"水果"，小朋友舍不得吃，拿回去让妈妈尝尝，也要让自己的妈妈给自己买白白净净四四方方的水果。

不知道为什么，后来小区里的小朋友就经常拿个苹果香蕉橘子来到小小家里，要换小小白白净净四四方方的"水果"，小小的妈妈说什么也不要孩子们拿来的水果，而且大方地给孩子们分她自己家的"水果"吃，孩子们接住方块"水果"，你看看我，我看看你，谁也不去吃。小小的妈妈疑惑地问孩子们，你们不是喜欢吃吗？怎么不吃啊？一个大一点的孩子说，阿姨不要我们的水果，我们就不吃！小小的妈妈看着可爱的孩子们说，阿姨的"水果"不值钱的，你们要是喜欢就来吃，不用换的。孩子们说，妈妈就是要我们来换吃的，我们不能白吃阿姨的水果，要不，我们也不吃阿姨的水果了。小小的妈妈见孩子们看着方块"水果"馋涎欲滴，却又坚决不吃的样子，心里有种说不出的滋味，没办法，小小的妈妈只好收下了孩子们拿来的水果。

晚上，小小的妈妈去敲邻居家的门，想说以后别让孩子拿苹果去她家换"水果"了，要不，就告诉你们怎么弄，你们自己给孩子弄好了。小小的妈妈觉得用自己不值钱的糖水萝卜换几元一斤的苹果和香蕉，实在

亲如雪

说不过去。小小妈妈鼓起勇气,正要说那四四方方的"水果"其实是用糖水浸泡的水萝卜,谁知邻居轻轻叹了口气说,小小妈妈,我们都知道你很自强,不服输,我们也理解你现在的心情,可是小小总不能一直吃生萝卜啊,孩子正长身体啊!

小小的妈妈听了,怔了一下,眼泪忍不住扑簌簌往下掉。

第三种可能

慧芬躺在床上,拿起今天刚刚送来的时尚杂志来回翻着,上面的一道填空题慧芬特别感兴趣:假如你的床下有人,你认为谁的可能性最大? a(　)b(　)c(　) 三个答案,慧芬第一个想到的就是小偷,慧芬递给战伟看,战伟说:"无聊。"慧芬不依,非要他说第二个谁的可能性最大。

战伟疑惑地问慧芬:"你说爸会去哪?这时候咋还不回来?"

慧芬一听,气就不打一处来:"没事,丢不了,都几十岁的人了!"

"爸一定还没吃晚饭,现在都八点多了。"战伟看看墙上的挂钟,焦急地说。

"你别再提他啊,回来我也得跟他一顿吵,几十岁的人了,整天丢三落四的,出门也不上锁,一去就是七八小时!"慧芬愤愤地说。

"我警告你,爸回来了你别给我叽叽歪歪个没完啊!"

"喊!"

慧芬苦思冥想,煞费心思想起一个个答案因为经不起推敲,又被无情地推翻。慧芬看战伟一脸凝重的样子,不高兴地说:"哎,你倒帮我想想嘛!"

"你帮我想想吧,爸会去哪?"战伟向她求饶。

"他可不关我的事,那是你爸!"慧芬冷冷地说。

"你……"

战伟披衣下床。

"你去哪?"慧芬问。

"我去找我爸,行吧?!"战伟没好气地说。

慧芬一把拉住战伟:"半夜三更的不准出去,别净带些不干净的东西回来!"

战伟急了,一把甩开慧芬的手:"你咋这样你,太过分了!"

战伟眼看就要迈出卧室,忽听从床下发出一声疲惫无力的呼唤:"战伟。"战伟一惊,慧芬吓得哇哇大叫有鬼。

战伟奔到床边,蹲下,撩起床单,一看,果然是爸。

"爸,你怎么躺在床底下?"战伟急忙问。

"先把我拉出来。"老人有气无力地说。

因为老人在冰冷的水泥地上躺了太久,再加上本身就患有风湿病,他浑身疼痛,几乎不能动弹了,战伟费了好大的劲才把老人弄了出来。

慧芬看不惯老人那副猥琐的样子,对着战伟喊:"你看你爸他做的什么事!你看你爸他做的什么事!"

老人的身子不知是因为儿媳的话还是因为太冷的缘故,抖得特别厉害。

战伟狠狠挖了慧芬一眼,他不相信爸会像慧芬想的那么龌龊,他鼓励爸说出实情:"爸,你怎么会躺在床底下?"

老人看看期待真相的儿子,再看看像要发威的母狮的儿媳,老人把

亲如雪

头垂得低低的,像一个做错事的孩子……

原来老人前天听儿媳说卧室好像有老鼠,老人就担心屋里有老鼠洞,老鼠再把儿媳的东西给咬坏了,儿子又忙,整天不在家,于是自己把屋里屋外都寻遍了,就差儿媳的卧室,也没找到一个老鼠洞。今天正好趁儿媳出去不在家的当,心想去儿媳卧室找找吧,老人刚钻进床底下,就听儿媳回来了,老人担心儿媳误会,就待在床下面没敢出来,想等儿媳出去的空当再出来。谁知儿媳一进屋就再也没有出去过,害得老人整整在床底下躺了七八小时。老人在床下虽然冻得厉害,但听到儿子担心自己的话语,心里暖烘烘的,有几次想出来,又实在拉不下这张老脸,到了最后,儿子要出去找他,他怕儿子找不到那还不急死!实在没法子了,才喊了儿子。

这时候,战伟和慧芬才发现爸的手里握着一把铁锹头,上面沾满了水泥。

"爸!您……"战伟眼里一热,喉结蠕动了几下,说不出一句话。

"爸!我……"慧芬的声音很低,里面充满了惭愧与内疚。

战伟搀着爸去吃东西,慧芬拿起笔在杂志上填上了第三种有可能藏在床底下的人。

亲　娘

娘老了，黄土都快掩到脖子根儿了。

娘一儿一女，都已经成家立业。兄妹两个年龄一般大，娘说兄妹是双胞胎。兄和妹却怎么也相处不到一块去。

妹去看娘，碰上了兄，话不投机半句多，兄和妹吵了起来。

兄说，娘偏心了你，你该把娘接走养老！

妹说，娘最亲你，你就该为娘送终！

兄妹互不相让，吵得不可开交。

娘劝这个，那个说，看看，娘向谁？

娘劝那个，这个说，瞧瞧，娘亲谁？

后来，兄和妹开始谩骂，最后，还动了手。

兄失手，把妹揉倒，额头磕在了门槛上，顿时头破血流。

娘哭天抢地，拉了妹去找医生包扎。

后来，兄和妹断了来往。

当年冬天，娘在马路的沟沿边，一粒一粒从土里捡村人们在路上晒玉米时，遗留下的散粒儿。冷峭的风像刀子一样，划割着娘满是茧子、如榆树皮粗糙的双手。刀子风没法阻止娘颤抖的双手，就钻娘的风沙眼。泪水就顺着娘沟壑纵横的脸往下爬，还没等娘去擦拭，就又被刀子风把

亲如雪

它变成一块一块白亮亮的印痕,粘在娘的脸颊。

娘灰白的头发在风里翻飞。那年的冬天,娘成了当地最惹眼的风景!

一个冬天下来,娘一共捡到了5公斤玉米粒。娘拿到村粮食收购点去换钱。娘的粮食换了7元钱。

一辈子精打细算的娘,把用一个冬天的劳动换来的那7元钱,一次就全部花光了。

娘买了2斤白糖,余下的全部买成了鸡蛋,共11枚。

娘拿着这些东西,去妹家看妹。妹的额头被兄搡倒磕破,娘还没去看过妹,这件事,一直揪着娘的心。

到了妹家,妹看见娘,冷冷地说,把你撵出来了?

娘颤巍巍地说,娘就是来看看你。

妹不相信。娘说,给,娘看到你好好的,就放心了,你别恨你哥!娘一走,这世上就数你和你哥最亲!

娘把手里的东西给妹。妹听娘现在还向着兄,心里就有气,手推着,不肯接。东西"啪"的一声掉落在了地上。

白糖全撒了,鸡蛋也全破了,蛋黄蛋清流了一地。

刚强了一辈子的娘,刹那间,无声地倒下了。

在医院里,兄和妹眼泪哗哗地守在娘的病床边。

兄和妹果然是孪生兄妹,只是,不是娘亲生的!

这是知情人看着娘可怜地躺在病床上,悲从中来,再也不愿隐瞒事实,而违背了娘的嘱托,说出了可以证明他们是孪生兄妹的秘密。

知情人说,你娘一直担心你们知道实情后,她会失去你们任何一个。你娘一个也不想失去你们啊!

自从懂事以来,兄猜忌妹是娘亲生的,妹猜忌兄是娘亲生的,到最后,出人意料,两人都不是娘亲生的,而,兄和妹却是孪生兄妹!

娘从前引起兄和妹互相猜忌的点点滴滴,如一场老电影一样,温馨、亲近。而兄和妹,因为吃醋,因为对对方怀恨在心,浪费了那么多享受亲情的机会!

兄和妹"扑通"一声跪在娘的病床前,失声喊道:亲娘! 亲娘啊……

生　水

生水就是直接从井里打上来,没有煮开的凉水。

我从小就不能喝生水,一喝就肚疼,拉肚子。村里的老人们就说,这娃,娇贵,将来是个人物!

有了全村老人们的预言与肯定,我走在村里,都会被高看一眼。

当我到了该娶妻的时候,说媒的更是蜂拥而至,门槛都快被踢断了。爹娘不知道得罪了多少人,我最后选择虹,因为虹的一句话打动了我:我就嫁他,是个火坑我也跳了。

当时由于我家弟兄多,爹娘的负担大,日子过得紧巴,当虹看上我的时候,就有人作梗,虹的慷慨言辞,迅速将我俘虏。

虹确实贤惠,因为我上面有几个哥哥姐姐,所以地里的活计我没一样会干的,我一成家,哥哥姐姐当然就放手了,虹便一人担了起来。

虹在外面侍弄庄家,回家里侍弄我和几窝兔子。虹从地里一回来,先爬到门后水缸上"咕咚咕咚"就是一大瓢生水喝。然后把从地里捎来的青草喂给兔子,然后生火做饭,水开了,先把暖壶蓄满,那是给我喝

的,虹从来不喝开水。

　　晚上,躺在床上,虹跟我说悄悄话,你学着做点啥。我说,嗯。虹说,咱见面的时候,我不是给你买了钢笔和笔记本吗,怎么不见了?我说放着呢,当时你还给我买了腰带。

　　第二天我把虹当年给我买的钢笔和笔记本找了出来,我在上面胡写乱画。

　　晚上,我对虹说,我写了一首诗,念给你听听,"妻子养了一群兔子,精心饲养像对亲生的孩子,原打算用它们换回些票子,将来好买来一辆车子;兔子下了几窝崽子,活蹦乱跳像群调皮的孩子,俺和妻见了心里喜滋滋,风里雨里充满奔头的日子。"

　　虹说,怪好听,跟唱歌似的。我说,那叫押韵。

　　我把那几句跟歌似的句子誊抄了一遍,投给了省农村报,不久,村支书拿着报纸找上门来,说我的文章上省报了,了不得!全村人都知道我的文章上省报了,见我就跷大拇指,还说,就说我将来是个人物,看看,成大作家啦!

　　村支书把那张发表我那几句跟唱歌似的句子的报纸送给了我,虹粗糙的双手轻抚着印着我的大名的报纸,眼泪像断了线的珍珠,我问虹,你不高兴?虹说,高兴!虹说着,扑到我怀里,很压抑地哭着,哭了很久很久。

　　虹要生火做饭,我说,我来做。虹说,你不会。我去给虹打水洗脸,虹的脸上糊满了泪水和鼻涕的混合物。

　　我拿挂在缸沿儿的葫芦瓢舀水,看着瓢里清澈纯净的生水,我一仰脖子,咕咚咕咚把它喝了。虹喊,你不能喝生水,会肚疼,拉肚子……

洗　　脚

儿子星期天回来,说老师这次给他们布置的家庭作业太奇怪了。我问儿子,什么作业?儿子说,叫我们回到家里给爸爸或妈妈洗一次脚,这算什么作业?我听了,微微地笑了笑。这样的故事我看过不少,我想我是可以理解老师的用心的。

儿子问我,爸爸,你真的要我帮你洗脚吗?我问儿子,如果我让,你会给爸爸洗一次脚吗?儿子调皮地说,爸爸刚刚洗过澡,我看就不用洗了,嘻嘻。狡猾的儿子,看我洗过了澡才说老师布置的作业。儿子又说,老师还叫签名呢,给谁洗了叫谁签,爸爸,就你给签吧。可你没有给我洗脚啊?我故意刁难儿子说,儿子翻了一下白眼,说老师很无聊,干嘛布置这样的家庭作业,真洗没洗她又不知道。

儿子没有给我洗脚,但儿子要回学校的时候,我还是给他签了名。我想,给我洗没洗,老师反正不知道,我怎么能为难我的儿子呢?我又想,如果当时儿子真的给我洗脚,我会同意吗?也说不准。这件事我本来没有往心里去,可儿子下星期再来,就有问题了。儿子进家门就嚷嚷说,爸爸,是你害了我,早知道,就不让你签名了。我忙问儿子,怎么了?我怎么害了你了?给你签名怎么倒又害了你了?儿子说,星期一到了学校,老师就问我们都是谁给爸爸妈妈洗脚了,把家长的签名交上来。我

亲如雪

们班只有几个同学没有交,他们怯怯的,都不敢抬头,他们没有家长签名,说明没有给爸爸或妈妈洗脚,我以为老师一定会批评他们呢,老师居然没有批评他们,但是也没有夸奖我们交了签名的。

没有夸奖你,没有批评他们,这就害了你了?你不是也确实也没有洗吗?只不过爸爸"徇私情",不想难为你,给你签了名而已。怎么在该付出劳动的时候耍滑头,到了论功行赏的时候倒较起真儿了?这孩子!我不知道儿子是怎么想的,没好气地问儿子,这就算害了你了?儿子抱屈地接着说,老师随时就给我们交了签名的同学又布置了一篇作文:我为爸爸(妈妈)洗脚。老师叫我们写给爸爸妈妈洗脚时的感受。

现在我知道儿子为什么说我害了他了,一定是没有"生活",写不出来。果然如我所料,儿子说,我根本就不知道该怎么写。我苦笑了一下,等儿子继续说下去。结果我们交了签名的同学都挨了老师的批评,原来他们和我一样,个个都没有给爸爸或妈妈洗脚,但我们却都有家长签名,老师很不高兴,说我们不诚实!我们所有交了签名的同学这下头低得比刚才没有交签名的还要低。儿子说。

听到这里,我的心莫名地颤了一下,怎么会这样?那么多的学生,交了那么多的签名,居然都是弄虚作假?就没有一个去实际完成它?我心情沉重地问儿子,老师还怎么说?

儿子点点头,为难地看着我,说下周末请你们这些签了名的家长去学校开家长会。那些没有签名的家长不用去。

我长吁了口气。我终于明白了老师的良苦用心。我问儿子,今天老师又布置了什么家庭作业?儿子说,对爸爸或妈妈说这些情况,下星期把上次给签过名的爸爸妈妈请到学校开家长会,这就是今天的家庭作业。我郑重地对儿子说,拿来本子,我签名。儿子说,这次老师特别交代了,不用签名,等家长到学校再签。儿子认真地说,爸爸,我给你洗一次脚吧?这是老师要求的吗?我问儿子。儿子笑嘻嘻地说,不是,我想如

107

果我给爸爸洗一次脚,那爸爸的签名不就名正言顺了,不就没有问题了。

听了儿子的话,我的脸一阵发烧。或许这是最好的补救方法了,但还管用吗?

儿子端来洗脚水,蹲在我前面,轻轻给我的脚上撩着水。我心里居然有些感动。我默默地想:如果上次儿子就能这样给我洗一次脚,或者我能实事求是,儿子没给我洗脚,我没有纵容儿子,不签名,那该多好啊!

儿子问我,爸爸,老师给我们布置这样的家庭作业,你说它的意义大吗?我一怔,想了想,反问儿子,你说它的意义大吗?儿子眨了眨眼,不置可否。

我说,这次你知道老师为什么没有批评那些没有交签名的同学吗?而且他们的家长不用去开家长会?因为这次老师布置的家庭作业本身就是给我们这些做家长的啊,这是一次意味深长的家庭作业,因为没有交签名的同学,他们的家长已经很出色地完成了这次家庭作业,作为一个家长,他们是合格的,他们过关了!

第六辑

半夜敲敲你的门

捎给老李的东西

那天,王跃跟妻子刘眉说他们单位新来的小王第一次申请要房子,就如愿以偿了。刘眉听了,关心地问王跃:"那老李呢?分到没有?"王跃摇摇头,苦笑一下,说:"没有,等下次吧。""你们领导也真是的,老李家确实比谁都急啊,都快四世同堂了,住房也实在紧张,怎么老实人就这么倒霉啊!"刘眉义愤填膺地说。

老李是一位老同志了,只因为他在单位地位卑微,又没有什么靠山,所以从结婚到晋升当了爷爷,也没有分到房子。前两次是老李主动提出先分给要结婚的年轻人的,说等自己的儿子也要结婚的时候再要。可到了后两次,房子更是紧张,一向老实、不善交际的老李在一群鬼前是人,人前是鬼的"鬼才"面前,分到房子的希望是越来越渺茫,好像谁都比他更迫切需要,好像分不到房子就没法活了。笨拙愚钝的老李当然找不到比他们更充分的理由。

刘眉挺同情老李的遭遇,王跃却轻描淡写地说:"谁叫他光升辈分不升官呢!"刘眉好奇地问王跃:"小王不是刚分配到你们单位不足半年吗?他怎么……"王跃讪笑了一下,大声说:"人家有两刷子啊!"

第二天,上小学的儿子跟王跃要钱,王跃说:"你妈妈不是给你了吗?"儿子说:"妈妈给我的我上午买文具盒已经花了。"王跃正在犹

亲如雪

豫：这孩子是不是又撒谎了呢？谁知儿子从他的书包里掏出两把脏兮兮的鞋刷子。王跃看着几乎成了光板的刷子，莫名其妙，呵斥儿子："你在哪儿捡来的？拿它干啥用？快扔了！"儿子说："我放学的时候在垃圾桶里捡的。"接着，儿子又把小脸一扬，大声得意地说，"我可有俩刷子啊，你给钱不给吧爸爸？"

"你……"王跃正想发作，突然想到了儿子可能是听到了他和妻子昨天说的话了，才会这样，儿子一定不理解他说的"两刷子"是啥意思，所以才出现今天的状况。王跃给了儿子两元钱，先打发了他，想等自己想好了怎么解释他说的"两刷子"，再跟儿子讲明白。儿子拿到两元钱，开心不已，高高兴兴地上学去了。

下午下班，王跃刚进屋，儿子就把一个黑色塑料袋拎到他面前，诚恳地说："爸爸，李爷爷是个好人，前段时间爸爸出差，李爷爷还来帮妈妈扛过煤气呢。妈妈给李爷爷拿饮料喝，李爷爷说叫留给我喝，他就喝了一杯白开水，他说他就喜欢喝白开水。"

王跃怎么把老李帮家里换煤气的事就忘了呢？那次王跃出差，妻子刘眉给他打电话说煤气没有了，王跃就给单位小胡打电话，让他帮帮忙，谁知小胡当时没空，就把这任务推给了老李……

儿子又说："明天你把这个袋子给李爷爷捎去。"王跃好奇地问儿子："里面都是些什么东西啊？"儿子神秘地笑了笑，说："可以帮李爷爷的宝贝！"王跃诧异地问儿子："什么宝贝？我可以看看吗？"儿子摇头，看着儿子神秘的样子，王跃咧咧嘴，也笑着跟着儿子摇头。

王跃接过儿子递过来的黑色塑料袋，问儿子："就没有什么话需要爸爸转达吗？"儿子说："里面有我给李爷爷的信，上面说得明白着呢。"儿子又叮嘱说，"你一定要亲手把这个袋子交给李爷爷。"儿子说完，就去他的房间做作业了。

王跃拎着儿子交给他的袋子，感觉并不重，就用手在袋子外面摸了

摸,凭感觉,王跃猜想一定是儿子中午从垃圾桶里捡来的那两把成了光板的鞋刷子。儿子到底葫芦里卖的什么药？王跃疑窦丛生。等进了卧室,关上门,打开了黑色塑料袋,袋子里果然是两把旧刷子,不过已经洗得很干净了,里面还有一封儿子写给老李的信:

李爷爷您好!

　　我是亮亮,这是我送给李爷爷的两把刷子,李爷爷不要嫌它们旧,它们的样子虽然不好看,但可神奇了,我已经实验过了,今天我跟爸爸要钱,爸爸开始还不想给,我就拿出来这两把刷子对爸爸说我也有俩刷子,爸爸见了,果然就给了我两元钱,我原打算用这两元钱给李爷爷买俩新刷子的,可我怕李爷爷不信它们有那么的神奇,我就把那两元钱也给您带去了,这样李爷爷您就会相信了,是真的。

　　如果您有了这俩刷子,等你们单位再分房子,您就拿给你们单位的领导看,告诉他们,您也有俩刷子,他们见了,一定会赶紧给您分房子的,到时候李爷爷一定要请我去你们的新房子里面做客啊。

　　那两元钱就不要再还回来了,就算我请李爷爷喝瓶汽水吧。

亮亮

王跃又在袋子里摸了一下,里面果然有他中午给儿子的两元钱。

一开始要不是儿子提醒王跃老李帮换煤气的事,王跃肯定会训斥儿子给他老李捎什么东西！可现在,他更不知道,这东西该不该捎给老李？见了老李该怎么说？如果不捎给老李,明天儿子问起他,又该怎么对儿子说？最让王跃难受的是,单位领导为了不得罪人,在决定分房前搞不记名投票的时候,王跃和另外几个同事吃了小王的请,都投了小王一票,而老实的老李后来还以为王跃一定投了他一票,对王跃说了许多感激的话……

巧　人

大山会做饭炒菜,村子里谁家有了红白事都要找大山帮忙。

以前,大山和媳妇都感觉有人找帮忙很有面子。平常村里人对大山两口子也客气,他们在村里很吃得开。

现在这几年人们的脑子活络了,都去城里的工地打工挣钱,一天就能挣三几十元,村子里就不见几个闲人。

大山由于身体不是太好,熬不住那响儿,就守在家里侍弄几亩薄地。

那年夏天下大雨,大山家的茅厕墙坍塌了,大山不会砌墙,就满村子找泥水匠。可惜他们一个个都不在家,都在外面打工挣钱呢。大山媳妇见大山满头大汗转了一圈也没找来个帮忙的,心里就有气,抱怨说:"平常我们没少给他们帮忙,现在用得着了找下他们,个个不在家,你说气不气人?"大山也急,这什么都能凑合,可就这茅厕不中,它和吃喝站一条线,可见它的重要性。

就在大山一筹莫展之际,邻居老刘对他说:"我刚才看见后村的强子从工地回来了,要不说说找他来,一响时间就够了。"

大山说:"我平常和人家没什么交往,上下庄的也就挂面熟,怎么开口?"

老刘说:"我去说说。我家和强子是老亲戚,张开嘴想必不会掉地上。"

大山感激地说:"你去吧。看人家有没有时间,咱好吃好喝招待!"

没多大一会儿工夫,老刘回来了,有些为难地对大山说:"强子说砌个茅厕墙小菜一碟,就是人家耽搁不起工夫,说大工在工地干一天能挣四十,人家耽搁一晌就是二十,人家急着回去挣钱呢。"

大山一听就泄气了,大山媳妇急了,每次去解个手,还得关上大门,就那样没个茅厕墙宽衣解带心里也忐忑,跟偷似的。大山媳妇一狠心,对老刘说:"他刘叔,要不麻烦你再跑一趟,就说咱给他打工钱,叫人家来砌一下,这茅厕没个围墙真不是个事啊。"

老刘又跑了一趟,强子就带着家伙和老六一块来了,强子一边干一边说:"真不想干,太赶慌,在工地上就这小活也得干它两天……"

大山忙赔笑脸说:"辛苦兄弟了。"说着又给塞兜里一包在事儿上挣的卷烟,又大声对媳妇说,"去割肉,再调俩凉菜,弄个猪脸!"

大山媳妇心有不满,但不便发作,拿了钱气咻咻地出去了。

等砌好墙一算,整整花了六十多元,大山媳妇有气,说:"以后你谁的忙也别帮了,你看看,给他们黑白做几天,就一盒烟一瓶酒一把糖,能值几个钱?再有人找,也要打钱,一天三十!"

大山说:"那咋说得出口。"

"咋说不出口,咱巧人就该做他笨人的奴隶?"

大山咂吧下嘴,没有说话。

一进十月,村子里结婚的后生就多了起来,来家找大山帮忙的福叔给大山一根烟说:"大山,你小兄弟定在这月初九典礼,你还得去上厨房。"

大山干脆地说:"中。"

大山媳妇在边上接嘴说:"福叔,你看,人家闲天时候都在外面挣钱,

亲如雪

一天都四五十,你大山侄儿身体不好,出不了那力,整年在家歇着,就种那几亩地,实在顾不住,我寻思着也想让大山趁这时候挣俩钱,你也知道,这一大冬天大山光帮忙就没个闲,你说是不?"

大山在一边瞪媳妇,媳妇才不管,说:"咱和福叔都是自己人,咱又不真要福叔的钱,咱就借福叔是头一家给宣传宣传。"

福叔琢磨了一下,说:"是这么个理。"

在福叔家事上帮忙的村里人都听说了大山做饭数天要钱的事了,表现得都相当平静,对大山还是客客气气的,大山媳妇高兴地说:"怎么样,现在就这社会,有本事不挣钱是傻子。"

大山媳妇回到家里偷偷算了一笔账:大山在一家事儿上至少要待三天,一家下来就九十元,今年冬天光择了日子的就有十来家了,再加上那几家趟摊儿大的,早早就开门带客,一场下来就得八九天,乖乖,一冬天就能挣一千多!

大山媳妇这么一算就不由得兴奋,心里就开始感激那次茅厕的墙坍塌了,要不是那样,就没有给强子打钱砌墙这回事,要不打钱,她怎么会想到叫大山做饭也收钱呢?

大山媳妇等着日子定在十月二十三日的小顺家来找大山帮忙呢,可直等到小顺家的喇叭都吹起来了,也没见小顺家一个小孩子登门,大山媳妇坐不住了,悄悄一打听,原来小顺是用了外头专业的红白喜事做饭队,人家自带大锅台、锅、案盘等,价格和大山的一样……

后来村里的事都让人家包了,大山在家没事闷得慌,出了门到街上见了村里人的面又觉得特别没面子。

大山媳妇也没料到会这样,反正事已这样了,见大山闷闷不乐,就反过来安慰大山:"这说明了个啥?说明这现在的人啊待不住,以前白帮忙一个比一个喊得欢,现在一说要钱了,就弃近求远,宁肯叫外人挣也不让咱挣,得,反正咱挣不了这个钱,咱歇着,不去跟他们出那牛马力,咱这巧人就不去给他们当奴隶使！"

大山听了，虎着脸："呸！啥狗屁巧人？"说着，去里间躺着了。

"失聪"的男人

女人害了一场大病，万幸保住了性命，却变成了哑巴，再也不会说话了。

女人整天郁郁寡欢，非常失落。

男人劝女人，我们已经拥有了第二次生命，应该怀着一颗感恩的心去面对这一切，不能说话的缺憾和我们现在拥有的生命相比较，真是太微不足道了。

女人听了，点点头。可是很快，女人就又陷进了悲哀之中。

男人担心女人一直这样下去，有一天，男人会再一次失去女人。

男人焦心地痛。

突然一天，男人听不到了外界的声音了。

那天，他们三岁的儿子摔倒了，儿子哭得快撕裂了喉咙，男人居然看都不看一眼，照旧忙自己手中的事情，对儿子的哭喊无动于衷。

而之前，男人是非常疼爱自己的儿子的，不让儿子受一点点的委屈，今天他是怎么了？

女人抱起了儿子，给男人，男人看到儿子脸上道道清晰的泪痕，慌忙

问女人:儿子怎么了？女人疑惑地看着他。

还有一次,女人和男人在大街上,一辆客车在男人的背后拼命地摁喇叭,男人置若罔闻,依然我行我素。

女人往路边拉他,他不知道怎么回事,还扯身子,女人急了,张张嘴,给他指指后面,男人回头一看,赶紧弯弯身子向人家表示道歉。

女人所有的担心都写在脸上,女人平生第一次在纸上写字,和男人交流,她说要男人去看医生,他的耳朵严重地失聪。

男人没有再掩饰什么,大度地一笑,说:没事,我知道我听不到什么了,这很好,这说明我们真的是天设的一对,地造的一双,你哑,我便聋,说不定我俩不能同年生,一定可以同日死呢,这是我求都求不来的,多好!

女人吃惊地看着男人。

男人怕女人不相信,使劲地拍打着自己的胸脯,"嗵嗵"地响,男人说,我的身体棒着呢,不用看医生。

女人听了,没再坚持男人去看病,而是开始试着用口型和男人"说"话,男人就很兴奋地和女人说着话。

那天,男人拥着女人,满足地说,我最喜欢"听"你说话了!

女人的脸色一天比一天好起来了,不时有笑意盈出。

他们的生活又恢复了从前的快乐和幸福。

一次,女人在烧水,被壶盖烫了一下,女人"呜啊"地低叫了一声,一直看着男人的眼睛很快地收回——她看见男人闻声猛然抬头。

女人不让男人知道她看见了他的反应,因为他是一个"失聪"的男人。

倾 斜 的 爱

这几天下午老下雨,店里冷清,没事,就坐在门口看过往的人们。

撑着伞的男男女女,在我眼前匆匆而过,而所有撑伞的,不管是男人还是女人,是老人还是年轻人,他们的伞总是倾斜于对方,而自己则被淋湿大半个身子。

那是前天的事,一个男孩和一个女孩在小雨中步行,男孩撑着一把并不大的碎花伞,女孩发现男孩把伞偏向了自己,而他外面的肩膀已被雨水淋湿,就把男孩撑伞的手往男孩的方向推了推,男孩朝女孩笑了笑,女孩也笑了笑,男孩换了外面的手撑伞,用胳膊环住了女孩的腰,这时,他们已经从我的面前而过,但我的目光一直追随着他们,心底柔柔的,有种初恋的感觉。我知道下面还有故事,果然,女孩很快也用胳膊环住了男孩的腰,并把头靠在男孩的臂膀上,男孩所撑的伞又慢慢地向女孩倾斜……

昨天,一位老人和一个年轻人,他们大概是祖孙关系,老人撑伞的时候,偏向年轻人,年轻人发现了,就往老人方向推推,不久,小伞就又不知不觉地倾斜了,后来,年轻人干脆从老人的手里"抢"过雨伞,伞开始偏向老人,但老人也一直向年轻人的方向推推,不久,小伞又不知不觉地向老人倾斜……

今天,是一个三口之家,丈夫背着孩子,妻子撑伞,妻子几乎把所有的晴朗都给了丈夫和孩子,自己完全淋在雨中,丈夫提醒妻子,你自己被淋湿了,妻子看看丈夫背上的孩子,丈夫没有下一步的行动。而这时,背上的孩子也发现了,大声说,妈妈被雨水淋湿了。妈妈摸了摸孩子的头,笑了笑,把雨伞又向丈夫的方向偏了偏。丈夫没有言语,只是把脊梁挺得更直了,步子迈得更稳健有力……

这些天的所见所闻,让我心里软绵绵的,眼前所有的事和物都变得美好和充满希望!

下午回到家里,我情不自禁地拥抱了妻子,妻子害羞地说,你今天怎么了?妻子的目光柔柔的。吃过晚饭,我执意要妻子陪我去散步,此刻,外面淅淅沥沥的小雨下得正急,我却挑了家里最小的那把雨伞。

这个晚上,我完全被淋湿了。妻子一直反复地把雨伞推向我,她也完全被淋湿了。我却无法否认这是一个充满温情与心动的美妙夜晚!

电 话 闹 鬼

母亲一个人住在乡下,为了方便母亲,就给母亲装了一部电话。

电话刚装好第二天,邻居刘婶家的电话坏了,来找母亲借用电话。母亲不知道这电话和照明电有没有没关系,母亲说:"现在停电,电话不能打。"

刘婶听了,嘴巴蠕动了几下,没说话,走了,脸色极难看。

爱来找母亲说散话的刘婶从此很少来。母亲知道原因以后,后悔得不得了,但又不好去跟刘婶直说,担心越描越黑。

好几次在街上碰见刘婶,母亲想上前说话,刘婶却装作没看见,耷拉着脸背过身去。

母亲寻思着这样下去不行,得找刘婶说开了,不然,做了这么多年得邻居了,这低头不见抬头见的,这样耗着多不是个味!

那天,母亲鼓起勇气进了刘婶家的门。

进了刘婶的门,刘婶就算有再多的不满,也不至于不理我吧?母亲是抱着这样一个信念去的。

刘婶板着脸问母亲:"啥事?"

母亲说:"现在电视里正放《还珠格格》呢,这不来找你一块看,怪热闹!"

刘婶说:"刚刚停电,看不了。"

"不会吧,我从家出来时还有电呢。"母亲说着,就去门后拉电灯,果然没电。

母亲心想,这老天爷故意和我这老太婆作对不是?

恰巧这时,刘婶家的电话铃声大作,母亲听了,故作一脸的惊慌,大声唤道:"他刘婶,他刘婶,没电你家的电话咋也会叫,哎呀呀,不会是这电话闹鬼吧?"

刘婶听了,笑得上气不接下气,弯着腰指着母亲,断断续续地说:"老嫂子,你、你、你真是憨呀,你、你真逗!哈哈……"

母亲见了,赶紧过去向刘婶讨教……

从此之后,刘婶又爱去找母亲说散话了,还经常拿这事给她那帮老姐们开心。

亲如雪

剩 面 条

小时候家里穷,我们兄妹又多,每年的粮食就老是不宽余。每次吃捞面条,母亲总是最后一个吃饭。母亲擀的面条总是会剩下一些,等到下一顿,母亲担心生面条变馊,就会把前天甚至大前天剩下的面条煮煮吃掉,当天就会又剩下一些新鲜的面条。

我不懂母亲的做法,给母亲提建议:"妈妈,每次您擀的面条剩下的都差不多,为什么您不能少擀一些,别剩那么一点,每天都吃新鲜的不好吗?"

母亲慈祥地摸着我的头,没有说话。

下次母亲还照样吃前天剩下的,而又把当天新鲜的留下来。

一次吃饭,父亲见剩面条只有寥寥几根,就把自己碗里一直让冷着的面条给母亲碗里分,母亲怕我们看见,不让父亲分,父亲却固执地把一半的面条分给了母亲,母亲没有再说什么,只是又给父亲夹回了一些。

那天,我高兴地说:"妈妈今天不用吃剩面条了。"我还提醒妈妈说,"明天少擀一些,就不会剩了。"

等下一次再吃面条,我发现母亲擀的面条真的少了些,可是等妈妈也吃过了饭,面条还是剩了一些,我就奇怪,怎么不管妈妈擀多少面条,都会剩一些?

有一天,我吃过饭从外面玩回来,发现母亲在津津有味、大口大口地喝着面汤,我羡慕地说:"妈妈,面汤那么好喝?我也要喝!"

母亲一怔,瞬间慈祥的面庞上就漾起了微笑。母亲给我盛了半碗,我搂着碗"咕咚咕咚"贪婪地喝了两口,可是面汤并没有我想象的好喝,怎么母亲就喝得那么香呢?

我正搂着碗疑惑着,大姐进来了,大姐看见我手里端着的面汤,厌恶地看我一眼,没有说话……

晚上睡觉,半夜醒来,我听见母亲在叹息,母亲说:"今年咱家的粮食又接不住了。"父亲也叹了一声,说:"我明天就去想办法,老大老二正是长身体的时候,得叫他们吃饱啊。"母亲说:"明天我就做汤面条吧。"父亲担心地说:"你……"母亲说:"不要紧,我多添水就够了。"父亲长长叹了口气,对母亲说:"你也得吃啊,老喝汤,怎么顶得住,还干那么多的活?"母亲说:"别说了,别让孩子们听见了……"

第二天,父亲早早地就出去了,晌午,母亲果然做了汤面条,要吃饭了也没见父亲回来,母亲做好饭,又像往常一样去干些碎活,叫我们先吃。我发现哥哥姐姐盛饭的时候,盛进碗里的饭又用饭勺从碗里往锅里舀回一些,哥哥姐姐还像往常一样当着母亲的面吃了两碗,等母亲去吃饭的时候,母亲揭开锅盖,怔了一下,不知怎么的,母亲揉了揉眼睛,喊我们说:"你们几个过来,每个都再吃些,今天的饭做多了……"

原来母亲不管擀多少面条都会剩是因为哥哥姐姐每次都适当减小自己的饭量的结果,不然,母亲每顿就只有面汤喝了,吃剩面条总比光喝面汤强。而我小,不懂事,还和母亲争过那天母亲仅有的面汤,那天母亲一定是饿着肚子开始一天的劳作的,现在想起来,悔意顿生,心口隐隐作痛……

亲如雪

礼　物

　　她和女儿相依为命。女儿上高一了，已经出落成一个大姑娘了，但女儿没有穿过一件像样的衣服。她每天晚上在路边的垃圾堆里刨垃圾，和同行们比速度：从一个垃圾堆转向另一个垃圾堆。一只手拿着耙子，在肮脏、散发着各种混合味道的垃圾里迅速地翻拣，再麻利地塞进另一只手拎着的蛇皮袋里。日复一日，就这样忙碌着，和同行赛跑，和时间赛跑。

　　这个月底，她算了一下账，捡垃圾一共卖了五百二十一元三角，除去这个月六十元的房租，二十元水电费，五元卫生费，一百元下一个月的柴米油盐等生活必需品开支，再到银行存两百元为女儿将来上大学的学费，还要给老家的婆婆寄五十元钱零花钱，这是她在他临终前亲口答应他的，她不能食言。婆婆就他一个儿子，虽然她和他在他出事之前已经离了婚，但她和他毕竟夫妻一场，他最放心不下的就是自己已到古稀的老娘，她不能让他死不瞑目。

　　她把每月必须的开支又加了一遍，一共是四百三十五元，除去开支，这个月还节余八十六元三，她的脸上绽出疲惫的笑容。后天就是女儿十六岁生日了，她已经想好了，虽然已经有快半年没有存过养老应急款了，但她还是决定下个月五十元的养老钱也不存了，拿这些钱去市场给女儿买一件漂亮的衣服。

第二天,她步行去再就业市场给女儿买衣服。市场里的衣服不是太多,但她还是相中了一件粉红色的束腰裙式上衣。女儿皮肤白皙,从小就喜欢穿粉红色的衣服和裙子,她知道,女儿穿上去一定很好看。她看了看衣服的面料,面料一般,她想这衣服不会太贵的,就问老板价钱,老板说九十五。她问最低价,老板说最低九十。她正犹豫不定,老板说里面有几件处理的衣服,质量特别不错,价格又低。她让老板拿来看看。她看了那几件衣服,样式老,颜色旧,但做工和面料确实不错,最重要的是只要三十元。她在和那件粉红色的衣服不停地做比较,犹豫不决。她突然想到,女儿生日,应该还给女儿做些好吃的,可如果买了那件粉红色的衣服,这月所有的节余就全完了,再没有多余的钱给女儿买好吃的了。三思之后,她买了那件处理衣服。

女儿生日那天,她给女儿炒了一盘女儿最爱吃的西红柿炒鸡蛋和一盘醋熘土豆丝。她还准备了二十元给女儿做零花钱。女儿从来没有要过零花钱,现在女儿都十六了,她会有不时之需,手里应该有几个零花钱的。她一想到女儿的零花钱,感觉亏欠女儿的太多了。

女儿放学回来,看桌子上都是她喜欢吃的菜,忍不住高兴地惊呼道:这么多好吃的!女儿往小床上放书包,发现了放在床上的那件新衣服。女儿看了看颜色和样式,高兴地问她,妈:你买的新衣服?她正忙碌的双手停了下来,心里后悔得不行:早知道这样,就买那件粉红色的衣服了。她艰难地说,是妈妈送你的生日礼物,样式有些过时了,如果你不喜欢,妈妈再去给你换一件。她想好了,只要女儿点头,她就是下月不吃不喝,也要把那件粉红色的衣服买回来。

女儿听了妈妈的话,拿着衣服高兴地在自己身上比画着,说:真的,是妈妈送我的生日礼物?谢谢妈妈!女儿太懂事了,她现在真后悔。她下定了决心,对女儿说:还有件你最喜欢的粉红色衣服,样式也好,妈妈

亲如雪

124

下午去给你换。女儿亲热地拉住她的胳膊说:不用啊,这件就很好,谢谢妈妈!妈妈,你知道吗,爱,到什么时候都不会过时,爱才是永远的流行色!她眼眶一热,把女儿的头揽在了自己的胸前……

她怎么知道女儿的心思,女儿想这件衣服等自己穿一段时间,就让给妈妈,现在和她一样瘦小的妈妈就可以接着穿。如果是一件粉红色的衣服,妈妈怎么穿得出去。女儿记不起来妈妈已经多久没有添过新衣服了。

分 苹 果

儿子放学回来,给我讲了一个故事,说是有位老师在一次期中考试的时候,给他的学生出了这样一道题:假如你家有5口人,买来10个苹果,每个人能分到几个苹果?由于打字员的疏忽,把"10"打成了"1",于是,这道题变成了:假如你家有5口人,买来1个苹果,每个人能分到几个苹果?有个学生的答案是每个人能分到一个苹果。那个学生在答案的后面写出了原因:我的爷爷买来了一个苹果,他肯定舍不得吃,会留给病中的奶奶;但奶奶也不会吃,她会把苹果送给她最疼爱的小孙女——我;我也不会吃,我会给每天在大街上卖报纸的妈妈,妈妈每天在太阳下面晒着,口渴的她一定需要这个苹果;但妈妈也不会吃,妈妈一定会送给每天在工地上干活的爸爸,爸爸自从来到城里,一直干着很

累很累的活儿，却从来没有吃过苹果。所以，我们家每个人都会得到一个苹果。

故事大意如此，我无从核实该故事的真实性，其实真实与否并不重要，重要的是，这个故事已经让我的心灵备感温暖！

儿子讲完了上面的故事，沉思了一会儿，突然说：爸爸，既然这个苹果会这样流转一圈，那最后到那个爸爸的手里，那个爸爸就会吃掉这个苹果吗？他完全可能再送给那个爷爷，那个爷爷也会再送给那个奶奶，依此类推，他们家每个人可以分到两个苹果，而不是一个苹果。

儿子分析的不无道理，照这一家子的情况看来，他们每个人分到的也不会仅仅是两个苹果，当然也可能不止是三个苹果、四个苹果那么简单，他们有可能每个人会分到无数个苹果！最终，苹果会在来来回回的流转中腐烂掉，这一家子谁也没有尝到一口，但他们内心中那份甜美和润泽却是足可以令人回味和咀嚼一辈子的！

半夜敲敲你的门

亲如雪

刘老太太的老伴过世得早，儿子女儿平时工作又忙，几个孩子都没有和她在一块住。还好这栋楼上住着不少和她这样年纪的老人，他们没事的时候就一起出去遛弯、聊天，打发了刘老太太不少寂寞无聊的时光。可这几天，发生了一件怪事，刘老太太半夜的时候总能听到几声敲门声。

谁会这么无聊和我这个孤身老太太开这种玩笑呢？刘老太太决定弄个水落石出，于是这天白天补足了觉，晚上坐在门后等那个半夜来敲她门的人。

刘老太太精神抖擞地坐在门后。眼看都快午夜十一点了，难道那个敲她门的人先知先觉，今天晚上不来了？正胡思乱想着，忽听门被"砰、砰、砰"很有节奏地敲了三下，刘老太太"呼"的一声站了起来，就要去开门，谁知道老太太坐太久了，这双腿双脚都麻了，双脚挨地一吃劲，就摔倒了。刘老太太"哎呀"一声，"砰砰啪啪"把自己刚才坐着的椅子也碰翻了。

没过一分钟，只听见住刘老太太对门、也是孤身一人的老李头一边用手拍打着门，一边焦急地问出什么事了？刘老太太对站在门外的老李头说没什么，忙揉着几乎失去知觉的双腿。好一会儿，才站了起来，给老李头开了门。

老李头一进门就焦急地问："你没事吧？弄那么大的动静，可把我给吓坏了！"听着老李头关心自己的话，看到他眼里满是关切的眼神，刘老太太挺感激老李头的，就把刚才有人敲她门的事情跟他说了一遍，并且试探着问老李头："你想会是谁干的？"老李头结巴着说："我、我、我怎么会知道会是谁干的。"

刘老太太一直注视着老李头的脸，老李头感觉怪不好意思，就说："他大婶，你没事，我就回去了，你也早点歇着吧。"

老李头说完，转身就走。刘老太太突然说："我知道，那个敲门的人其实就是你！"老李头一下子怔在了那里，老李头很尴尬，慌不择言，问："你怎么知道是我敲的门？"

哈哈，自己承认了吧！刘老太太故意不露声色地说："我刚才跌倒，你没出两分钟就站在了我的门口，难道你知道我会跌倒，在我门口等着？"

第六辑　半夜敲敲你的门

老李头脸一红,"可我……"老李头欲言又止。

"老实交代,你为什么要这样做?"刘老太太假装很生气的样子。虽然刘老太太早已有所觉察,是老李头敲的门,可当老李头亲口承认是自己干的,还是微微感到有些吃惊。老李头一向很正直,人品也不错,可他怎么会干出这么无聊的事情来呢?

事到如今,老李头"唉"一声,干脆竹桶倒豆子,说出了原委:这一段天气温度突然下降,独居的刘老太太为了保暖,把门窗的缝隙都密封死了,老李头担心刘老太太煤气中毒,所以每当自己要去休息的时候,就过去敲敲她的门,为了减少不必要的麻烦与误会,老李头在敲过门之后,赶紧转回自己的房里,躲在自己的家门后,从门镜里观察外面的动静,如果刘老太太出来查看,哪怕能挨她两句骂,只要能看到她平安无事,好好的,他这晚上就能睡个踏实觉……

亲如雪

第七辑

最好的位置

男人在中间

男人和娘相依为命。

男人娶了媳妇以后,娘就觉得儿子心里没有她了,娘就和媳妇过不去。

一天,娘去赶集,回来给媳妇买了两个比孩子的头还大的鸭梨,对媳妇说,你吃不了,就和我儿子分开吃。

媳妇听了,心里自然懂得婆婆的意思,恼得不行,却忍着没吱声。

媳妇也不是省油的灯,下次赶集,她就给婆婆买了五斤柿子,亲热地对婆婆说,吃不了,就分给后院老胡头一些,可别都给他啊!

娘也不笨,那后院的老胡头村里人都骂他是个"短命鬼",这媳妇的意思不是明摆着要她给"短命鬼"分寿,绕着弯咒她,嫌她老太婆老不死!

娘气得喘了几口粗气,也没吭声。

隔了几天,整天拼死拼活在外打工挣钱的男人突然闷闷不乐,心事重重的样子,媳妇不放心,问男人,遇到啥大事了,咋这样哩?

男人看了看媳妇,叹了口气,没说话。

媳妇宽男人的心说,有啥过不去的坎给我说,我帮你分担!

男人犹豫了一下,担心地说,怪不怪,我梦见娘咋突然不行了,我从

小没了爹,是娘屎一把尿一把地把我拉扯大,刚过了两天好日子,你说娘怎么……

男人眼圈红红的,哽咽着说不下去了。

媳妇知道男人对娘的感情,宽慰男人说,别傻了,老人不都是说做梦是反的,这说明娘要长寿!

媳妇说这些的时候,想起来前些天给娘买柿子的事,心里愧疚得不行。

娘也发现了男人的异常,趁媳妇出去不在跟前的时候,问儿子,你们吵架了?

男人说,没有。

娘说,别哄我了,那个女人,好吃懒做,我老早就看不惯!

男人说,真的没有,她对我很好,可……

可咋了?娘想听媳妇的不是。

男人说,我做了个梦,梦见她要和我离婚了,我咋留都留不住,我说,你要跟我离了婚,我就去死,去阴曹地府的路上等你,她不听,还是跟我离了。

男人眼圈又红了,说,娘,如果她真的跟我离了婚,我真的去寻死,你说留下你老一个人可该咋活呀……

男人哽咽着说不下去了……

娘怔住了。

这时,媳妇哼着小曲进了院子,男人赶紧擦了眼睛,装得跟没事人一样。

媳妇进了屋,娘看着媳妇逐渐"发福"的身子,心疼地对媳妇说,以后你可别做饭了,这些活,老婆子我包了!你养好身子就好了!

媳妇一怔,从衣兜里掏出一双棉袜子递给娘说,娘,我上午洗衣服,发现你的袜子补了几层了,我去商店买了双新袜子,你看这颜色中不中？相不中,咱重调去。

娘往院子里一瞅,才看见院子里晒了一架子衣服,还有她昨晚上才换下的内衣裤……

女人和孩子

她不会生养,她很痛苦,她认为,一个女人,不去生养一个属于自己的孩子,不去做一次母亲,这个女人就不是一个完整的女人!

他安慰她,我们过我们的二人世界不好吗?

她说,不好!我是一个女人,我就该拥有我自己的孩子啊!一个女人怎么可以没有属于自己的孩子?

他见她这么固执,就说,要不我们去抱养一个?

她说,抱来的那是我的吗?

我们从小把他养大,就是我们的了。他说。

她一直在做着激烈的思想斗争。

她终于动摇了,她说,那我们就抱养一个吧。

孤儿院里有许多孩子,她看看这个,感觉不是属于自己的孩子,看看那个,也感觉不是属于自己的孩子。她就犹豫了,这么多的孩子,我怎么就找不到那种看到自己的孩子和做母亲的感觉呢?

她就和他回去了。

亲如雪

在一年后的一个早晨,他早早起来去城里办事,他在门口捡到一个襁褓……

他慌忙把襁褓抱回家里,给她看,她看了看襁褓里那小小的生命,心中有种说不出的喜悦。她一瞬间就产生了一种强烈的感觉:这就是我的孩子!

孩子是个女孩,长得很可爱,她喜欢得不得了,她亲着孩子圆圆的脸蛋,一个劲儿地说:这才是我的孩子,这才是我的女儿……

她把女儿视为己出,精心地照料着女儿,女儿给他和她带来了无尽的开心和快乐!

女儿两岁的时候,得了一种很奇怪的病,女儿需要输血,但医院化验了女儿的血液,女儿的血型是那种很少见的类型,医院里根本就没有库存。联系其他几家大医院,也没有这种类型的血液。医生无奈地摇着头,说,看来这个孩子……

医生的话没有说完,但医生的意思已经表达得非常清楚。

她一听就哭了,她哀求医生说,医生您再想想办法,我就这么一个女儿啊,我唯一的女儿啊,她可是我的命啊……

医生为难地说,除非能找到匹配的血型,否则……

她慌乱地说,医生,输我的血吧!医生,输我的血吧!我是孩子的母亲啊!

她救女心切,把袖子撸得高高的,把胳膊伸到医生面前。

医生知道她的女儿是捡来的,医生无可奈何地说,可你不是孩子的亲生母亲啊!

她哭着说,可我一直认为她就是我亲生的啊,是从我身上掉下的肉啊,她就是我亲生的女儿……她泣不成声……

她哀求医生,您就输我的血吧,救救我的女儿吧!求您了……

医生冷静地说,你不要这样,你这样只会害了你的女儿!

她激动不已,她不敢想象失去女儿自己该怎么活?她呜咽着,只有我能救我的女儿,我的女儿身上流的血怎么会和我的不一样啊,我的女儿是我亲手养活的,我的女儿身上流着我的血啊……你们……她急火攻心,一下子昏了过去……

她醒来的时候,他惊喜地对她说,我们的女儿有救了!我们的女儿有救了!

他告诉她,在她昏过去的时候,他担心她有个什么三长两短,就请求医生,化验一下她的血型,了却她一个做母亲的心愿吧!化验结果出来了,她的血型真的和女儿的匹配,十分匹配!连医生都说,这怎么可能?这怎么可能?这真是个奇迹!

后来,医生问她的父母,你们之前不知道你女儿的血型吗?你们的女儿是亲生的还是抱来的?她的父母有些激动地说,她千真万确是我们亲生的啊!我们亲生的!

医生于是又化验了她父母的血型,她父母的血型和她的血型完全不同,她父母的血型生出像她血型的孩子的概率几乎等于零!

这个给人太多惊奇与不可思议的故事引来了媒体的关注,在记者采访她的时候,她抱着自己心爱的女儿,一种母性的光辉把她映衬得异常美丽,她的脸上溢满了幸福与满足,她只是不停地说着一句话:我就知道,这个世界上,总有一个孩子是属于我的,完完全全是属于我自己的!

她的父母在电视机前看着电视里的女儿,不住地抹眼泪。他们年轻的时候在外面打工,回来的时候,是抱着她回来的,没有人知道,他们抱回来的女儿是捡来的!

签　名

　　上三年级的儿子刚刚转到市里一所小学上学,星期天儿子做完作业要我在作业本上签名,我念及给儿子做榜样,于是就一笔一画地把我的大名签在作业本上。

　　第二个星期,儿子做完作业又要我签名,我依旧工工整整地签上我的大名,正待训责儿子要好好写字,岂料儿子一看签名,脸儿立刻就拧成了一个小苦瓜,说我字写得不好,不像家长的签名。我莫名其妙,家长签名就家长签名吧,啥时候还有像不像这一说?儿子不依,非要我重签。我问儿子:"怎么不像家长签名?"儿子小脸一扬,说:"不潦草。"我吃惊:"谁说的?"儿子说:"同学们的家长签名都很潦草,就我的家长签名不像家长签名,太工整了。"

　　原来儿子的作业到学校里是由班长检查的,班长只看家长签名,毕竟是孩子,班长看到签名潦草的就过去了,看到我一笔一画的签名就卡了壳,认为儿子的作业是自己签的名,任凭儿子怎么解释都无济于事,儿子被罚把作业重抄三遍,当时儿子就流下了委屈的泪水……

　　看着儿子抱屈的样子,我心里有种说不出的滋味。后来一直忙生意,也没顾得上这档子事。直到大半年后的一天,难得清闲,我才突然意识到儿子很久没有来找我签名了。

这天一早，村小组长石头哥来收前几天村里发放的《关于禁止焚烧秸秆协议书》，我忽然想起只顾忙了，还没签名呢，找出协议书找来笔，谁知一看，协议书上的签名处早已签过了，仔细辨认，确是本人的大名，龙飞凤舞，蛮好的。我明明记得我没有签过名，这也不是我的字迹，更非妻子所签，那到底……我正百思不得其解，只听石头哥说："哎呀老弟，啥时候练得这一手好字，啧啧啧，不赖，不赖！"石头哥从我手里拿过协议书不住地点头称道。要知道石头哥上高中的时候硬笔书法可是得过全国优秀奖的。我只有打着哈哈敷衍着。

又一个星期天，儿子从学校回来，问及此事，果不出我所料，正是儿子所为。原来儿子见我整天忙得不着家，又担心他妈妈那"小家碧玉"型的签名过不了关，于是就"自力更生"勤练草书，功夫不负有心人，儿子终得正果，如今家长签名自己一手包了，再也不用劳驾他老爸我了。

我想看看儿子一路"勤练书法"的"艰辛历程"，便叫儿子拿来这一段来他自己签名的所有作业，一页一页翻过来，看着儿子的"签名"从轻描到劲道，从生疏到熟练，儿子果真倾注了不少的心血，看着作业后面一个个大大的"优"，我居然莫名地从心底升腾起一种自豪感："儿子！不错！"我由衷地喊道。我心血来潮，开始一道一道检查起儿子的作业题来：$5×8-12=38$？小红栽了15棵树，小兰栽的树是小红的3倍，问小兰栽了多少棵树？$15+3=18$（棵）？！看到这儿，我只气得七窍冒烟，当下不由分说，一把拧住儿子的耳朵大声呵斥："过来！把所有的作业再做三遍！"儿子显然被我吓住了，睁着噙满泪水的眼睛恐惧地看着我，我的心一下子锥扎般疼痛："来，儿子，爸爸陪你一起做三遍！"看着儿子手忙脚乱从书包里掏作业本的样子，我在心里郑重地对儿子说："儿子，往后无论爸爸再忙，爸爸一定亲自给你签名……"

亲如雪

继　　母

被父亲劈头盖脸一顿臭骂，15岁的儿子负气跑了出去。

继母担心孩子一时想不开，做出极端的事情来，赶紧撵了出来。

在大街上，继母拽住了儿子，儿子非常讨厌地挣扎着，吼着不用她管。

儿子终于挣脱了继母的手，不管不顾，横穿马路。就在这时候，一辆卡车急驶而来，司机显然没有料到会有人突然横穿马路。卡车一时没有刹住，眼看就要撞在儿子的身上了，儿子恐惧地怔在那里，不知所措，就在这千钧一发的时候，继母以迅雷不及掩耳之势朝儿子扑了过去，几乎是在同一秒，儿子被继母推出了险境，卡车的前轮从继母大腿上碾过……

周围的群众被眼前的一幕震呆了。

有人给报社拨打了电话，记者到医院采访这位继母。

记者看到病床上被高度截肢的继母没有他想象的悲观、痛苦，或者后悔。

记者有些不能理解，记者问："他不是你亲生的儿子，在那一刻，你冒着生命危险去救他，你当时是怎么想的？是想博得他的好感，取得他的认同吗？"

那位继母有点吃惊地注视着记者，足足有十秒，记者有些不知所措。

"当时我什么也没想,我只知道他是我丈夫的儿子,我是他父亲的妻子,他就也是我的儿子……"病床上的继母轻轻地说。

可想而知,这次采访很不成功,但是,通过这次采访,让记者明白了一件事情,就是作为一个继母,并不是像自己想的那样居心不良,她做的每一件事情都是有目的的,不是情之所致,而是以利益为出发点,纵然那一刻自己真的被感动和融化了,也要在心里打一个又一个问号。

记者为自己愚蠢的问题后悔不已,那位被高度截肢的继母的话,使记者的心里发生了一次地震。

记者突然想给她——他的继母,打个电话,而在此之前,他从不曾主动跟家里联系过,虽然家里有生他养他的父亲,虽然继母任劳任怨,一直替他照顾着父亲,但他固执地认为,继母是为了父亲的财产。

电话通了,继母在那头问谁呀?记者却不知道该说什么,良久,他终于艰难地喊了一声"妈"。而在这之前,他和继母说话从来没有称谓,而是简短明了地直奔主题,这次继母显然是没有一点思想准备,她好久没有反应,整个世界仿佛突然静止了。记者说:"妈,今天下午,我回去看望您和爸!"继母忙不迭地"嗯嗯"着,他能听出来里面的激动、欣慰和雀跃。

那个记者就是我,因为我个人的原因,在采访那位继母的时候,我深深地伤害了她,也因为那位继母的话,让我理解、懂得了一个作为继母的心。

我知道,如果那位继母现在知道因为她的话而使我重新认识我的继母,去接纳她,爱戴她,她一定不会计较我对她的伤害,因为她是一位伟大的继母!拥有一颗亲母心的继母!

亲如雪

一 块 橡 皮

孩子笨，做作业总是写错字，他就给孩子买了很多块橡皮，告诉孩子，写错了就用橡皮擦擦，改过来。孩子这时候就会很小心地用橡皮擦去错字，再认认真真地改正过来。孩子看他的眼，他赞许的眼里满满的都是爱。

他耐心地督促孩子写作业，从不因为孩子反复写错字而呵斥孩子。

孩子一直相信，做错了改过来就好了。孩子是幸福的。

有一天，孩子的幸福突然坍塌了。

他为了帮助朋友，挪用了公款，他被判了刑。

孩子的妈妈是个极要强好面子的人，她无法接受自己的丈夫干出这种没有原则的事来，她果断地和他离了婚，并要求法院把孩子判给她抚养。

他没有做任何争辩，他在离婚协议书上签了字。只要是有利于孩子的事，他没有异议。他当时感觉自己的家庭、事业，尤其是他的儿子，一切都离他而去了。他无心改造，几次自杀，都被及时赶来的狱警给救了。

那天，管教安排他的儿子来探望他，他自感无颜见孩子，拒绝了会见。

管教说孩子在外面哭着对他说，不相信爸爸不肯见他，爸爸是世上最疼他的人。他听了,紧紧闭上眼睛,内心撕裂般的痛。

他狠狠心,最终没有见孩子。

后来,管教转来了儿子给他的一封皱巴巴的信。

他接过信,从信封里掉出一块崭新的橡皮,他捡起橡皮,再去看信封,里面什么也没有了。

他端详着手中孩子给他的橡皮,怔了好一会儿,他的眼前浮现了孩子用橡皮擦错字的情形:孩子怯怯地看看坐在一旁的他,他微笑着递给孩子一块橡皮,对孩子点点头,告诉孩子说没关系,每个人都有做错的时候,只要知道自己错在哪里,敢于改正就好!孩子听了,眼睛就变得亮亮的。一次,孩子到学校门口的小卖铺里买雪糕,买雪糕的学生们特别多,老板一边从冰柜里往外拿雪糕,一边收钱,孩子拿了老板递来的雪糕,正要付钱,却被后面的同学挤了出来,孩子在一边站了一会儿,老板忙,也没顾上要,孩子就偷偷地溜了。今天天气特别热,正好用省下来的钱一会儿再买一块雪糕,孩子想。可是善良的孩子很快就后悔了,他不敢看同学们的眼睛,孩子老感觉同学们在身后议论他,讥笑他是小偷。放学的时候,孩子终于鼓起勇气去了小卖铺,补了那块雪糕钱。回到家里,孩子把这一切都讲给他听,孩子对他说,爸爸,我去补雪糕钱的时候,是我手里握着你给我买的橡皮去的……他想着想着,就有大颗大颗的泪水往下掉……

他把儿子给他的橡皮紧紧地攥在手中,在心里对孩子说:孩子,爸爸不会让你失望的……

亲如雪

四 叔 嫁 女

四婶就给四叔生养了三个闺女。没有个儿子,四叔感觉老晦气,但三个闺女长大了,一个比一个懂事,知道心疼人,四叔的脸上才挂上了笑容。

三个闺女都在县城上班,大闺女前几年刚刚出嫁,对象是县城边的,人家那里不兴跟男方要彩礼,全是女方陪送,男方满打满算就拿来了三千元钱,大娘嫂子见了说大闺女,这咋中,咱这儿定个亲就得八千八,典礼得一万一,万里挑一,他们就拿来三千元,这不是寒碜人哩!

大闺女没啥说,四叔赶紧解围,人家那里不兴这,就随人家那边的规矩办吧,咱嫁闺女又不贴赔老多。

大闺女出门的那天,四叔像别人家嫁闺女一样,啥都有,一样不少。四叔说,咱闺女也是嫁一次,不能比别人差。

四叔种了十来亩地,农闲又开着摩托三轮收废品,四叔在十里八村收啤酒瓶水泥袋废纸箱,出的价格比外头来游街的小贩都高,有的比乡镇里的回收点还高,因此四叔的生意很好,谁家攒了东西都等卖给四叔,四叔隔段日子没去,就自个蹬了三轮车来四叔家里卖,谁家要是办了红白喜事,第二天准给四叔打电话,方便面箱酒瓶等物什能装一车。

四叔的生意越做越大,县里的回收点就定期来四叔家里拉废品。

村里人都说四叔挣钱了,现在啥生意都不好做,就收废品好收,做啥生意都挣不来钱,就收废品挣钱。

四叔这时候总是嘿嘿一笑,说找个事不闲就妥了,哪里挣钱?

有人说四叔,就仨闺女,干个那干啥?还怕过不去了?打发闺女有了多给俩,没有一分不贴赔也说得过去,没人笑话。

四叔还是嘿嘿一笑,就是,就是。

四叔这收废品生意是越做越有劲,但四叔四婶在自个儿吃喝穿戴上一直都很仔细。

二闺女也要结婚了,自谈的对象是外地的。结婚前男方派说事的来和四叔谈一些事项,其他的规矩都差不多,就是在小礼儿上有些出入,人家那里没有小礼儿这一说,四叔说:没有就没有,闺女往恁那里走,随你们那里的规矩,但我们这里的规矩也不能丢,不然人家笑话,我们都拿过人家的小礼,是要还的,这翻箱的每人20,把门的一个小孩10元,所有去吃大米饭的每人2元,我出。

对方说事的把厚厚一叠钱往桌上一搁,说老弟是个爽快人,俺那里彩礼一万,看了你们这儿的规矩,可能这点不算多,您老弟也别嫌少。

四叔数了三千元把剩余的推给对方说,大闺女走时就拿来了三千,这二闺女也一样,就三千,不偏不向。

四叔这样一弄,把两个来说事的整得有些不敢相信,就见过嫌彩礼少的把定了的日子往后拖的,还没见过叫一大半往回带的……

四叔说,我就强调一点,不知道你们那里的席面咋样,咱尽量办好一点,这要去的都是亲的,一百多里跑去送闺女了,别叫吃不饱,饿着肚子回来。

两个远道而来说事的连声说,就是,就是,这您放心!

二闺女结婚的那天,送亲的队伍回来后都争着跟四叔四婶学嘴:我下车就听见俩妇女说人家的娃有出息,自谈的对象,就要了三千元钱的彩礼,人家还陪送的一样不少。

二婶说,那执客的真是周到,一个劲招呼我们吃,我说恁也坐下吃

亲如雪

吧,人家说今天恁是贵客,就是来招待你们的,需要啥尽管说,我执客这么多年了,没见过你们这么开明不讲究彩礼的,我这心里也痛快不是!

表弟说,上完了菜的时候,俩走盘的小伙子在门口说咱这里找个媳妇那账都不敢算,那新媳妇要按斤买,也得200元一斤,养猪养兔养狐狸,养啥都不超养个大闺女划算!小星(二闺女对象的名字)这货这才叫结婚,人家才叫娶媳妇。我要有这福气,我要再和咱村他们那些个那样打老婆骂老丈人我就是孬种……

一屋的男女老少听了,一阵哈哈大笑。

大伙七嘴八舌说个不休,个个都觉得今天特有面子。

四叔和四婶听着听着脸上的笑纹越来越密。

四婶高兴地说:你们当大伯大娘叔的婶的姑的姨的哥的姐的,下次就该吃俺三儿的大米饭了。

这时,大闺女女婿从外面进来喊了四婶一声:妈。那喊得跟喊自己亲妈没啥区别,那个自然,那个亲切,一点都不勉强、做作,听起来可得劲儿,喊得一屋子的人心里软绵绵、甜丝丝的。

一只眼瞟着

小星和闵雨两口子一吵架,整栋家属楼都得跟着遭殃。那动静,乖乖!鸡犬不宁啊!

这不，一场夫妻大战又开场了。闵雨跺了一下脚，小星紧跟着就狠狠拍一下桌子，闵雨摔了一只水杯，小星拎起把凳子就摔了。东西摔得差不多了，两人又要肉搏了，楼上楼下的邻居是赶紧这拨上前去抱住一个，那拨上前去拉住一个。好歹没有互掐上，但嘴巴总不能给人家捂上吧。闵雨说你不是东西！小星回一句，你也不是啥好鸟！闵雨是又哭又闹，非要小星说清楚，她是啥鸟？劝架的邻居说你们就不能都少说一句？正当小星和闵雨他们这架吵得正酣的时候，闵雨和小星突然一起把目光转向了门口，并且大声责问："你在干什么？"劝架的邻居不知道发生了什么事情，也跟着小星他们的目光把脸转向了门口，原来住对面的阿贵趁人不注意把小星家放在门口柜子上的十九寸彩电抱在怀里，一只脚已经迈到了门外。小星和闵雨挣脱邻居的手，一起走到阿贵面前，小星说："你这是干什么？趁火打劫啊？这次可逮住你了，我家上次吵架丢的暖水壶是不是你拿的？""还有，上上一次我们吵架丢的电熨斗？"闵雨也愤愤地问。

阿贵见事情败露，尴尬地把电视机放回柜子说，点点头，说："是，都是我拿的。"

"你怎么这样啊你？真没想到你是这样的人！"闵雨说着对一屋子的邻居说，"你们评评理，我们都吵架受伤成这样了，他怎么还忍心偷我们的东西啊？"

阿贵居然一反常态，脸不红心不跳地对闵雨说："我就不信你们真的发现不了。"

小星听了阿贵莫名其妙的话，正要细问，只见住楼上德高望重的刘大爷笑哈哈地说："小星啊，你别误会阿贵了，这事啊是我们串谋好的，要说是阿贵是贼呢，那我们这些邻居都是贼，阿贵只不过和你对门离得最近，让他行动比较方便……"

小星和闵雨是越听越糊涂，不知道刘大爷在说什么。

亲如雪

刘大爷说:"我们啊就是要看看你们两口子吵起架来还顾得了什么?要是在你们吵架的时候真的有贼混了进来顺手牵羊,那你们可就损失惨重了啊!"刘大爷看着一地的残凳烂杯,语重心长地说,"吵架不仅伤你们小夫妻的和气,还伤财啊!何必呢?!"

这时候小星和闵雨总算是弄明白了大伙的意图,不由羞得面红耳赤。

刘大爷又问小星:"你们吵架的时候还丢了别的东西了吗?"小星连忙说没有没有。正说着,几个邻居已经到阿贵家把上次和上上次的暖水壶和电熨斗给送了回来,笑哈哈地放在了小星和闵雨面前。

邻居们都要回去了,和小星关系不错的大毛偷偷问小星:"你们当时吵得那么凶,怎么就看见阿贵抱了你们家的电视?"小星不好意思地说:"前两次吵架后发现丢了东西,就纳闷,这次我就多了一个心眼,一边吵着一边一只眼四下里瞟着,看看到底谁是贼。"大毛听了,呵呵笑了起来。

等大毛一走,闵雨就嗔怪小星:"感情你和我吵架的时候也开着小差,一只眼瞟着呢?"

我也是来吃饭的

阿林从小就喜欢占便宜。这天走在大街上,看到一处收费公厕,突然感觉内急,可一想到进公厕还得掏五角钱,又心疼,就准备找个偏僻的地段解决。

偏偏赶巧,就在阿林要走过公厕的时候,有一乡下老汉突然冲进了公厕,只听看厕所的老头对着冲进去的老汉喊:"你还没交钱呢!"里面的老汉紧接着大声回应道:"我是来吃饭的!"只见看厕所的老头撇撇嘴,不再说话。

阿林看出了门道,心里豁然开朗:原来说是来吃饭的,就可以免交如厕费!

阿林心想:不就是说那么一句不得体的话吗,又不是真让你去厕所里吃饭,反正自己又不吃亏。想着,就径直朝公厕走去。到了公厕入口处,阿林正要进去方便,看厕所的老头拦住了他,说:"五角!"阿林不慌不忙地说:"我是来吃饭的。"看厕所的老头一听,眼睛都瞪圆了:"你是来吃饭的?你骗谁呀?五角!"阿林见老头怕软欺硬,也来气了:"你这老头,刚才不是有个乡下老汉说是来吃饭的,就可以不交这五角钱吗?我也这么说,为什么就不灵验?"看厕所的老头说:"人家真是来吃饭的,可你,我知道,不是!"阿林听看厕所的老头这么一说,就更不明白了,问:"你说这话什么意思,我就是来吃饭的,怎么着?"阿林这么一嚷嚷,立马围上了好多看热闹的路人,在下面指指点点,窃窃私语。阿林见这么多观众,更来劲了,就把自己刚才的遭遇那么一说,要让大家评评理,到底这事情怨谁?看厕所的老头这时候把一张老脸一转,也不搭理阿林了。

就在这时候,刚才去厕所的乡下老汉方便出来了,阿林一把拽住老汉,要老汉做证。乡下老汉不知道发生了什么,吓了一跳,慌忙辩解说:"我是来吃饭的,来吃饭的不是说不要钱吗?如果还要交,我交就是了。"说着,慌忙去兜里掏钱。阿林阻止了乡下老汉掏钱,说:"这就成了。没人跟你要钱。"阿林得理不饶人,非得让看厕所的老汉说个为什么不可。看厕所的老汉嘿嘿一笑,指指刚才从厕所出来的乡下老汉,要他自己说到底是怎么回事。乡下老汉见又把矛头对住了他,知道自己不说清楚是走不掉了,只得一五一十地说:"俺在对过的小饭店吃饭,要上厕所,饭店里却没

有厕所,俺就跟服务员说,俺要上厕所。服务员说你去对过的公共厕所吧。俺说去那里还得交钱。服务员说,不用,你去,如果跟你要钱,你就说是来吃饭的。俺一听就恼了,这算什么?为了省几角钱,这样侮辱俺的人格?俺不愿意,这时候服务员跟俺说,大爷,不是你想象的那么回事,对过的公共厕所是我们饭店老板的父亲承包的,您只要说是来吃饭的,那边就明白怎么回事了,不会再和您要钱了。于是……"下面不用老汉再说了,围观的人都清楚是怎么一回事了,可阿林偏偏要问看厕所的老头:"你怎么知道他是在饭店吃饭的?"看厕所的老头轻描淡写地说:"我看着他从饭店出来的,还能不知道。"阿林继续发问:"那你知道人家是来吃饭的,你干吗还要对人家要钱?"看厕所的老头本想实话实说,我一看他是乡下来的老汉,就想诈诈他,谁知道没诈住!一想,这样说不妥,那不是埋汰自己吗,就随口说:"我和他玩的。"围观的人们听后,唏嘘着一哄而散。

这时候,阿林才知道自己再也憋不住了,眼看着小便就要破门而出,于是双手捂着下面,自己也要硬闯直入。看门的老头早料到阿林会有这一刻,一把拽住他,不放行,要他先掏钱,再入厕所方便。阿林现在哪有闲手掏钱?现在可是紧急关头,一不注意,就要尿裤子出丑的。阿林哭丧着脸说:"我没时间了,出来再给你,我都快尿裤子了!"看厕所的老头不慌不忙地说:"刚才你不是挺有时间的吗?"阿林知道这老头在蓄意报复,公报私仇!这时候也不敢嘴硬了,夹紧双腿弯着腰收紧小肚,哀求着说:"求求您了,让我先进去,出来一分不少给你交钱。"看厕所的老头看着阿林的窘相,嘿嘿笑着,一手拉着他,一手去抽屉里给他拿草纸,阿林还以为这老头也要乘机敲诈他呢,就说:"我出来,两倍的钱给你。"说着,猛一甩,挣脱老头,就蹿进了厕所。

阿林在厕所里手忙脚乱地解开裤子,刚舒舒服服长出一口气,只听看厕所的老头在外面嘟囔着说:"奶奶的,给你拿草纸都等不了了,赶紧加价,嘿,把刚才那个来吃饭的单也连带埋了!"